# 風景によるセラピー

THOREAU ON LAND: NATURE'S CANVAS


ヘンリー・デイヴィッド・ソロー

Henry David Thoreau

仙名　紀訳

アサヒビール株式会社発行■清水弘文堂書房編集発売

風景によるセラピー

# 目次

ヘンリー・デイヴィッド・ソロー

## 豊かで変化に富んだ地上のモザイク
## 木のてっぺんから振動する沼まで――　77

## 野生と人間の精神 ―――

## 牛と畝《うね》と豆畑――コンコードの農業　134



## 資源の保護は柵を燃やすことから　170

■『アサヒ・エコブックス』シリーズ（第一期刊行全二十冊）では、学術書の場合には表記・用語をできるだけ統一する方針で編集しておりますが、文学書の場合には、訳者の方の方針に従った表記・用語を採用しております。この本の場合も訳者の方の方針に従いました■

## *S T A F F*

***PRODUCER*** 本山和夫*(*アサヒビール株式会社環境社会貢献担当執行役員*)* 礒貝 浩
***DIRECTOR & ART DIRECTOR*** 礒貝 浩
***COVER DESIGNERS*** 二葉幾久 黄木啓光 森本恵理子***(ein)***
***DTP OPERATOR & PROOF READER*** 石原 実 教蓮孝匡
制作協力/ドリーム・チェイサーズ・サルーン
*(*旧創作集団ぐるーぷ・ぱあめ*)*
■
***STUFF***
秋葉 哲*(*アサヒビール株式会社環境社会貢献部プロデューサー*)*
茂木美奈子*(*アサヒビール株式会社環境社会貢献部*)*

※この本は、オンライン・システム編集と***DTP****(*コンピューター編集*)*でつくりました。

# はじめに

ビル・マキベン*

* 「ニューヨーカー」誌記者を経て、環境問題を中心にしたフリーライターに。著書に『自然の終焉』『希望・人類・野生』など。

自然を文字で描写するということは、世間に広く受け入れられているし、アメリカが世界に誇れる文学的な遺産でもある。きわめて深みのある小説、最高にしゃれた戯曲、男女および神の間の最も微妙な絡み合いの年代譜――このような作品は、歴史的な伝統のあるヨーロッパやアジアでは、人間が自然を征服してかなり経ってから生まれた。ところがアメリカでは、人びとが自然を制圧する前に（あるいは征服後もそれほど時間が経っていない時点で）文学に目覚めた。したがって、壮大な風景を伝統に縛られず、思い切って描写する伝統が生まれた。その原点が、（マサチューセッツ州）コンコード生まれの青年ヘンリー・ソローだった。

そうはいっても、これはもちろん、それほど広がりのある伝統とはいえない。都会化とそれに伴う郊外への膨張、工業化は絶えず刺激を受けて進み続け、経済発展の加速化はとどまるところを知らない。そのような状況のなかで、文学の分野はごく小さな集団に過ぎない。だがある晴れた日にウォールデン湖のほとりにたたずんでいると、多くの観光客が見物にやってくるのを目にする。彼らもまた、かつてソローの丸太小屋があったあたりに石を積み重ねていくのかもしれない。ソローが発信した「なんらかのメッセージ」は、その後、何百人もの文筆家たちが同調したり拡大して伝え広めてきた。したがって、いまだに人びとを引きつけて止まない。その「なんらかのメッセージ」というのは、私の見るところ、「現実を文字に移し替えたぞ」という彼の自信に潜んでいるのではないかと思う。彼は、「そこにあるべきもの」をそこに発見したのである。

ソローが生きていた時代の人びとは、ほとんど彼の著作を読まなかった。それというのも、当時の人びとは「そこにあるべきもの」が失われていることにまだ気づかなかったからだ。ソローの考え方に同調する人たちはきわめて神経過敏なヘソ曲がりに限定されていたから、商業主義はいまほどひどくなかったにしても、ソローはいま私たちを悩ませているようなあらゆる形の疎外感を感じていたのではないだろうか。私たちは多くの楽しみを、ディスプレー装置（テレビであれパソコンであれ）経由で得ている。そのような現実をソローが見たら慨嘆するかもしれないが、彼にショックを与えることはないかもしれない。このシリーズに再録されている一八五二年の日記のなかで、ソローは次のように書いていた。

「もしだれかがある思想を確かに聞いたと思ったとき、それがまだ煮詰まった思想になり切っていない妄想であっても、新聞に取り上げられ、全米が知るところとなる」

いまでは、インターネットのヤフー・コムがそのような機能を果たしている。だがその一方、イギリスのミドルセックスで起こっているような、「畠を耕し、タネを植え、石垣を築く」ようにいつの時代にも繰り返されるできごとは、まるで注目されず、取り上げられることもない。ソローは桃の木を植えたり、牧草を刈って干す方法を克明に描いているが、彼以外にそのようなことをする者はいない。

ソローの『ウォールデン――森の生活』を読んだだけの方は、ここに取り上げられた豊かな内容を読むに当たって、実際よりもっと厳しいソローの一面を期待するかもしれない。だがソローは、『森の生活』のころより農民に対して寛容になっている。全体的に、もっと忍耐強くなった。――当時、運河の掘削に関与していた人びとは、今日でいうとシリコンバレーでベンチャービジネスの経営をやっているような先端技術者だったのだが、そのような連中も容認し、「自分とは違った目標を追究しているのだが、それもそれなりに意味があるもので、同じようにがんばっているんだ」という認識に変わってきていた。だがソローは、自らの文筆作業と同様、社会に対しては相変わらず厳しい姿勢を崩していない。地元フェアヘイヴン・ヒルで巨大な一本松を切り倒す話が出たときには、それを嘆いてこう書いている。

「伐採者たちは、すでに大気を汚染する片棒を担いできた。……春になっていつものミサゴ（＊1）がマスタケキッド川の堤に戻ってきたら、なじみの止まり木がなくなって戸惑い、むなしく旋回を繰り返すのではあるまいか。……二世紀もかけてゆっくりと空に枝を伸ばして完璧な姿になったのだが、今日の午後に生命をまっとうした」

＊1　魚を食べるのでフィッシュ・ホークともいわれる、鷹《タカ》の仲間。

この感慨は、今日でいえばアマゾン川流域の森林が伐採されるのを慨嘆して警告する姿勢に似ている。ソローはこのほかにも、毛皮の売買業者、不動産の投機筋なども非難している。いずれも、現在は声高に叫ばれている問題で、彼はそれを先取りしていた。

だがソローが現代に生きていたら、ささやかな安らぎを捜し求めたのではあるまいか。つまりインテリの闘いにおいて勝利を収めたという奇妙な満足感を得られたかもしれない。——人びとはたとえ心からそう思っていなくても、自然の価値をだれもが口にはするからである。私たちはパーム・パイロット（＊2）を持たずに出かけて、長いハイキングで迷子になっているわけにはいかない。

＊2　アメリカ・スリーコム社のポータブル・コンピューター。

しかしソローがすべて公園だと称した森林やハックルベリーの原野を、私たちはほぼそのまま維持し、保全に努めてきた、と認めてもいいのではなかろうか。しかもソローが考えたより以上に、壮大なスケールでやりとげたと思う。現在マサチューセッツ州コンコードに住む人たち（＊3）は、ＳＵＶ（＊4）の車を飛ばし、小規模なマンションを建て、ソローが愛したウォールデンやエスタブルックの森を救うために募金をしたところで、本質的な状況に変化はない。

＊3　一九九六年の人口は、一万五千八百六十七人。
＊4　small unilamellar vesicleの略。日本でもＳＵＶと呼んでいる。

それでも私は、ソローが隣人たちに人生のあり方そのものを考え直すよう、しつこく説得していたものと信じたい。彼もその一翼を担っていた自然の描写にしても、自然のすべてどころか半分ほどしか描いていない。私たちが身につけている自然が、あと半分を占めているのだが、これがなかなかの難物だ。そして究極的には、私たちが持つ現実的な存在感を、ソローは希求していたのではないだろうか。――それは、経済や政府などというものより確固とした何か、だったのだと思う。彼が目標としていたのは「心」であり、彼ほどたびたび、人びとの心を打った文筆家は、いまのところまだ現れていない。正直なアメリカ人がソローの文章を読むときには、つねに良心の呵責《かしゃく》にさいなまれる。そして、多少なりとも生き方を変えていかなくてはならない、と当てにはならない決意をする。ソローが立っている基盤は、現存するものよりしっかりとした堅固な地面であり、不動の風景や景観なのである。

# 序章　もっと男らしく独立した人生を送れ

ハーヴァード大学の卒業式で、同級生や来賓を前にしたヘンリー・デイヴィッド・ソローは、まるでこれから自らの哲学や人生の設計図を描いてみせるかのように、次のように話した。

「男なら男らしく、愛情を涵養するとともに、男っぽく、独立した人生を送れるよう努力すべきだ」**（友人の詩人エマソンの記述による）**

ソローは自分の信念を実行に移す決意を示すかのように、思い切ってそれまでの「デイヴィッド・ヘンリー・ソロー」という名前の順番を「ヘンリー・デイヴィッド・ソロー」に変え、その後はこれに固執した。

ソローの人生は予定された通り順調に進んだが、必ずしも真っ直ぐな一本道ではなかった。彼が称賛して止まなかった郷里コンコードの風景と同じく、彼の人生は清濁を合わせ呑む、矛盾に満ちたものだった。

ソローが独立心を備えていたことは疑いないが、彼のそのほかの性格を断定的に割り切ることは容易ではない。はっきりしている点として、ソローは道徳主義者《モラリスト》だったし、インテリであり、深く考える人《シンカー》であり、哲学者、詩人、改革者でもあった。だが彼は、ごく普通の人たちと過ごしているときに最もくつろげたようだ。まだ若かったアメリカが懸命に自らの国家としてのアイデンティティを確立したいと努力していた時代の、彼は生粋のニューイングランド人であり、——つまりれっきとしたヤンキーであり、典型的なアメリカ人だった。しかしソローは体制側に盲従することには抵抗し、たびたび奴隷制度や社会の不公平さ、アメリカ政治の本質的なシステムなどに抗議の声を上げた。ソローは「世捨て人」だとか「変人」という烙印を押されることが多いのだが、彼は社会で何が重要であるかという点はわきまえていた。彼は、それを次のように表現した。

「世の中には、二つの社会がある。——郵便局と自然だ。私は、そのどちらもよく知っている」（『日記』一八五三年一月三日）

彼は、新しいことを見つけることに喜びを見出していた。——そしてそれを人に伝えることが好きだった。——とくに、それがことばによる論争になると大いに楽しんだ。そのようにして、新たな知識を増やしていった。だが一方、彼は新たに発見した動植物の標本を秘匿して悦に入り、日記にのみ書き記すクセもあった。事実、彼は何年も書き続けた膨大な日記のなかに、アメリカ・インディアン（現在ではネイティブ・アメリカンと呼ぶのが一般的）に関する引用や事実をかなり書き連ねているが、残された記録から判断する限り、他人に話したり刊行物に書いたりはしていない。

ソローはまじめな男だが、ヘソ曲がりだと評されることも多い。「悲しみに打ちひしがれた鬱状態で谷間に落ちる」（エマソンの言）こともよくあったという。だが彼は音楽をたしなんだり、おもちゃを作ったり、子どもたちとゲームに興じたこともあった。人生においてさまざまなことに熱を入れたし、情熱を注いだりもした。だが、男女間のロマンティックな関係には、一度も陥らなかった。彼は日記のなかでかなりのスペースを割いて、ビジネス界や世界の通商の現状を激しく攻撃している。その一方で、ソローは地元コンコードの隣人たちが地道に生活の糧《かて》を稼ぐためにたゆまず努力している姿を、かなり書き込んでいる。（＊1）

＊1　ソローの父親の職業は鉛筆つくりで、ソローもこの仕事を手伝った。

だが二十四年間で二百万語を越えるソローの膨大な日記にざっと目を通しただけでも、彼自身が懸命に努力して作家として自立しようと努力していたことが分かる。（＊2）

＊2　ソローの生前によく売れた本は、『ウォールデン――森の生活』だけだった。

ソローには首尾一貫しない矛盾点もあったが、一本だけ生涯を通して不変なタテ糸が通っていて、彼のほぼあらゆる行動を規制していた。それは、自然と風景を愛する変わらない姿勢である。彼自身は、次のように表現している。

「私は自然が好きだ。風景も大好きだ。なぜかといえば、ともに誠実だからだ。私を騙《だま》したことなど、一度もない。茶化すこともないし――陽気で、音楽に乗ったような熱心さが感じられる。私は、地球を全面的に信頼している」（『日記』一八五〇年十一月十六日）

ソローがいつごろから自然や風景に魅せられるようになったのか、そのきっかけは特定できない。彼が一八三七年にハーヴァード大学を卒業したころ、人間と自然の関わり合いに関してソローに大きな影響を与えていたのは、まだ個人的には面識のなかった詩人で思想家のラルフ・ウォルドー・エマソン（一八〇三〜八二）だった。

ソローの母親（シンシア）は、誇らしげにこう語っていたという。

「エマソンさんは、ウチのヘンリーと同じ話題をよくお話になるのよ」（＊3）

＊3　カルロス・ベーカー『変人集団のなかのエマソン』からの引用。

しかしエマソンはいち早く、コンコードの労働階級に生まれながら豊かな才能に恵まれたこの息子は、ユニークで個性的な思想の持ち主であることに気づいた。ソローが大学を卒業したばかりのころ、エマソンはこう記している。

「（ソローは）私が会ったことのあるどの人物と比べても、既成概念にとらわれない、しっか

りした精神を持っているように思われる」（エマソン『日記』一八三八年二月十一日）
さらに、ソローがとりたてて名門の家に生まれたわけではないのに、これだけのインテリ性を身に付けていることにエマソンはびっくりした。
ソローが生まれたのは一八一七年七月十二日、場所はコンコードへ入る旧道の脇道であるヴァージニア・ロードの東のはずれ、くすんでペンキも塗っていない「塩入れ箱型《ソールト・ボックス》の家屋」（＊4）のあばら家だった。

＊4　前面が二階建てで、後ろが平屋の構造。

父ジョン・ソローと母シンシアの間に生まれた二番目の息子で、生家は農家のようなたたずまいだった。奥のほうは屋根が低くなって地面につきそうになっており、全体の構造は、ソローの表現によれば「尻もちをついたような格好で、アトラス（＊5）が広い両肩で天空を支えているような形だった」（トマス・ブランディングが一九九五年十二月二十一日の「コンコード・ジャーナル」紙に書いた記事「歴史的展望」による）

＊5　ギリシャ神話。ヘラクレスにだまされ、永遠に天空を支える責め苦を負った。

ソローが生まれた場所は、アメリカで最も古い内陸開拓地の一つで、かつてはウィーラー家とミノット家が所有していた。ソローの友人で彼の伝記をはじめてまとめたウイリアム・エラリー・チャニング（*6）は、こう記している。

「ソローがはじめて呼吸した場所が清らかな田舎で、都会の雑踏とは無縁な、快適な枯れ葉色の原野であったことは喜ばしいことだった」

**＊6　『ソロー――詩人のナチュラリスト』一八七三年刊。**

ソローは小さいときから、ある種の「霊的な感性《スピリチュアリティ》」ないし深い洞察力を持っていたように思える。この点には、だれもが気づいていた。彼は兄ジョンと一緒に小さなベッドで寝ていたが、兄さんが寝たあともときどき宵っぱりをしていた。ある晩、いつもより遅くまで起きているのに気づいた母親が、「どうして寝ないの」と尋ねた。ヘンリーの答えは、こうだった。「おかあさん、星の向こうに神さまが隠れていないかどうか、捜しているんだよ」（**エマソンが書き記しているエピソード**）

ソローの両親はともに戸外活動が好きで、森のなかや川、小川、湖に沿った土手などで「自然を味わいながら散歩」するのが好きだった。一九三九年にソローの伝記を書いたH・S・キャンビーは、次のようなエピソードを紹介している。

「ある噂によると、(母シンシア・ソローの)子どもたちの一人は、母が散策中に産気づいて、あやうくリーの丘で生み落とすところだった」

ソローが幼いころの記憶として覚えているのも、自然のなかに埋もれている自分の姿だった。彼がウォールデン湖のほとりに建てた小屋でしたためた一八四五年の日記には、五歳のときにここを訪れたときのことを鮮明に覚えているとある。その部分を再録しておく。

あれから二十三年が経つが、私はそのころまだ五歳だった。ボストンから、遠くにあるこの湖を見に連れて来られた。――そのころの私にすれば、まるで異国のような感じだった。――当時のことが、ごく幼いころの記憶の断片として残っている。私の世界のなかでは何かしらアジアめいた渓谷と感じられる場所に、さまざまな人種や発明品が新たに押し寄せてきつつあった。このような森のイメージが、長いこと私の夢に背景として出てきた。幼い心が求めたらしい甘い孤独感が、多くの客人たちを喜ばせるのではないか、という気がした。私は静寂のなかに有意義な音を聞き分けられるのではないか、とも考えた。いずれにしても、松林に囲まれたこの安息地が、私はたちどころに気に入った。都会の多彩な喧噪とは違って、この風景に変化をもたらす光と陰だけが、この森の住人だと思われた。都会がゆっくり休息できる、適切な保育園であるかのように思われた。(『日記』一八四五年八月)

# タハタワンのマスケタキッド川

ソローは成長するにつれて、「森の子」になっていった。もっとも、彼の野外遊びがニューイングランドのほかの子どもたちと比べて、それほど変わっていたわけではない。――狩猟をしたり、釣りをしたり、泳いだり――だが小さいころから孤独が好きで、社会的な集まりには出たがらず、代わりに孤独な作業にふけった。だが青年時代には、兄ジョンの「旅の友」として風景を愛《め》でて歩いた。ジョンの影響を受けたためもあってか、ヘンリーもアメリカ原住民に関心を募らせていったし、自然への探求心も深まっていった。自然が織りなす景観にも、大いに心を奪われた。兄弟はおふざけながら、当時の風潮を真似てインディアンふうの話し方で対話したりした。一八三七年に、ヘンリーはジョンにこう書き送っている。

「ブラザーよ、太陽がいくつもあるみたいに明るすぎるんで、カウンシル・ファイア（＊7）のそばでは、兄さんのモカシン靴に書いてある文字が読めない。グレイト・スピリット（＊8）はかなりの木の葉や雪国の雲を吹き飛ばしてしまい、ボクたちの小屋まで吹きつのってきた。――地面は、凍ったバッファローの皮のように固くなってしまったし、野獣たちが立てる地響きは、グレイト・スピリットが放つ雷《いかずち》のようだ。大平原になびく草は、八十回の冬を越した老人の頭髪を思わせる。――そして、ウタスズメ（＊9）が一羽、夏を迎える場所を先取りしようと飛び立つ準備をしている」（**書簡集**）

＊7　ネイティブ・アメリカン（インディアン）が、会議の間中、燃やし続けているかがり火。
＊8　ネイティブ・アメリカンの主神。
＊9　北米に多いホオジロ科の鳥。

ソローはこのような手紙には「タハタワン」と署名している。この名前は、彼がマスケタキッド川の老いた「サチェム」（草の間を川が流れている個所の化身）だと信じている人物で、ソローは、弓と矢の絵を書き加えている。

兄ジョンは一八四二年に破傷風で亡くなってしまい、ヘンリー・ソローは嘆き悲しむ。二人の兄弟は「インディアンごっこ」をして喜んでいたのだが、それが起爆剤になって、ソローはのちにネイティブ・アメリカンの歴史や遺産に深い興味を抱くようになる。

ソローは後年になって、地面の下から古い遺物——とくにインディアンの鏃《やじり》などを偶然に見つけるたびにびっくりした。それらは彼にとって、「地球の表面に刻み込まれた人類の足跡」だからだ。（『日記』一八五九年三月二十八日）

だが知識が増すにつれて、ソローの関心は珍しい鏃のような遺物を集めることより、もっと学問的にアメリカン・インディアンのことを勉強する方向に変わってきた。十九世紀当時のインディアンに対する一般的な常識より深く彼らの文化を洞察したいと考えた。ネイティブ・アメリカンに関してソローが興味を持ったのは、彼らが居住地に対して抱く精神的な親近感や帰属意識だった。それというのも、ソローにとっての聖地である郷里コンコードをかつて支配していたのは、彼らネイティブ・アメリカンにほかならなかったからである。ソローは毎日この聖地を歩いて自然を愛でていて、彼らを十字軍の兵士になぞらえる気分になった。

## 土地は生きている

ソローにとって、「陸地《ランド》」というのは単なる「地面」ではない。もちろん、不動産でもない。彼にとっての「ランド」は、「生命体」なのである。彼は実際、地球全体が生きていると信じていた。次のような一文がある。

「固体の地球といえども、生物の原則に左右される。地球はあらゆる生物のなかでも、最も活発に息づいている。地上に住んでいるすべての生命体は、地球に寄生しているにすぎない」（『日記』一八五一年十二月三十一日）

さらに、生きている地球とその表面に生息している生物は、ソローが「自然の風景」と呼び慣わしているもののごく一部でしかない。ソローの見方によれば、完璧《かんぺき》でモダンな自然の風景は、「頭上の空」まで含んでいなければならない。彼は、こう言ったことがある。

「渓谷のなかに彼らが懸命に建設した建物も、実に微々たる存在でしかない。――結局は、風景に呑み込まれてしまうものなんだから」（一八四二年の『日記』に再録）風景のなかで人間の存在を示すものとしては、人びとが作り出した都市、船舶、道路、鉄道、電信、教会なども含まれる。

ソローの日記を読んでいると気が付くのだが、彼は風景と「精神的な」交流をすることに無上の喜びを見出していた。彼はそれまで見たことがない風景に遭遇したときに、尽きない喜びを感じている。その風景が山頂であっても沼地の底でヘドロの下に埋もれているものであっても、場所は関係なかった。月光に照らされた風景でもよかったし、真っ昼間に陽光を浴びていても霧に包まれていても、丘の上でも渓谷の谷間でも、近くでつぶさに観察するか遠くから望遠鏡で覗くかも、雨中でも雪のなかでも、川を行く船のなかでも、膝まで草に埋もれていても、こだわりはなかった。また、かがみ込んで股の間から向こう側を見る逆さ風景さえも楽しんだ。ソローはつねに自然のスケールの大きさに圧倒されていたし、風景の多彩なコントラストにも心を奪われていた。彼にとっては、いずれも甘美な調和に思えた。「わが国は、広大で豊かだ」人びとと、彼は書いている。作家で編集者でもあるポール・ブルックス（＊10）は、次のように評したことがある。

＊10　出版社ホートン・ミフリンで二十五年間、編集長を務めた。ソロー協会の仕事もするかたわら、自ら

**も『自然の代弁』や『野生の追究』など二十五冊の本を書いた。一九〇九～九八。**

「アメリカの作家のなかで、（ソローほど）自然の抽象的な概念はもとより、生きている土地や風景を鋭く描き込んだ者はいない」**（ハーバート・グリーソン『ソロー・カントリー』の序文）**

ソローが自然や風景に魅せられていたという話はいくらでもあるし、彼がナチュラリストとして多大な貢献をしていることも事実だが、彼はなんといってもまず作家であることを肝に命じておかなければならない。彼はその面で、努力と研鑚《けんさん》を重ねた。彼がたとえばお気に入りでひんぱんに出かけた崖から美しい日没を眺めて心を浮き立たせ、啓示を受けたとき、彼は体験から得た楽しさを人びとに伝えられるすばらしい才能を発揮し、光景を微細に描写し、豊かさや官能美をペンと紙によって伝えた。

若いころのソローは、周囲の自然と精神性を同一視して創作活動を展開していた。彼にとって野生は活性剤であり、精神の万能薬だった。彼の日記には、こうある。

「あなたが自分の健康を考え、精神の健康も原野や森林から吸収しようというのであれば、自然と大いに対話しなければならない」**（一八四一年十二月三十一日）**

そして、自然は人間の心の内部を反映するものにほかならなかった。たとえば、以下のような具合だ。

「湖というものは、風景のなかで最も美しく、表現力に富んだ存在だ。これは、地球の目である。これを覗き込む者は、自らの奥行きの深さを測り知ることになる」(『ウォールデン――森の生活』)

カナダの詩人ロバート・フィンチが繰り返しいみじくも指摘しているように、ソローは多くの文学作品や芸術に接触して造詣が深かったから、彼の風景描写は「自然を見る際に衝動的でロマンティックなムードを避け、観察者の精神生活を反映するよう心がけていた」(ロバート・ロスウェル『ヘンリー・デイヴィッド・ソロー――アメリカの風景』の序文)

ソローは野外観察に力点を置いたし、科学的な分析も多用した。このような新機軸のスタイルには、ほかの評論家たちも注目した(たとえば、ジョゼフ・W・クラッチ『ヘンリー・デイヴィッド・ソロー』一九四八年刊、ウォルター・ハーディング編『ソロー――評論の世紀』一九五四年刊など)。ソローの書くものに革新的なスタイルがあったとしても、それほど驚くには当たらない。十九世紀のなかごろには、アメリカでも世界でも、自然科学は大きく変貌を遂げたからである。とくにダーウィン(*11)の「自然淘汰」説が大きな影響を与えた。

*11 チャールズ〜。イギリスの生物学者。『種の起源』などの生物進化論で知られる。一八〇九〜八二。

確かにこのように革新的な考え方が、ソローが風景を描写する手法にも影響を与えたに違いない。実際フィンチが言うように、ソローは次第に「自分を尺度として自然を計る」ようになった。つまり自然が自らの精神や心の内部にどのような効果をもたらせたかではなく、その効果によって自分がどのように反応したか、を重視するようになってきた。たとえば、風の強さを計るにも自らの肉体の反応を目安にし、嵐の強さを「ずぶ濡れになって」計測した。

世の中の風潮はロマンティックなものから「考察的な」スタイルに進化していったが、ソローはそのような趨勢と関係なく、彼が後年ニューイングランドの風景を描く際には、つねに情熱を込め、色彩豊かで情感たっぷりに表現した。なぜかといえば、ソローはほとんど故郷コンコードを離れず、したがって同じ場所を繰り返し訪れ、時間とともに変化するわずかな差異にもいち早く気づいたからである。この鋭敏な感受性は、自然を対象にした文筆家のなかでソローが傑出した存在になり得る大きな利点だった。ある意味で彼は大成した音楽家のようなところがあって、長年にわたって複雑な音楽を演奏し続けてきたため、一つ一つの音符を聞き分けるのではなく、――完璧な歌の全体像として捉えていた。ソローのペンは楽器であり、コンコードが歌になった。彼は同じ自然の情景を繰り返し描写して、飽きることがなかった。彼の言によれば、「同じ場所を訪れても、そのつど私のほうが変化しているからである」。

ウェンデル・ベリー（＊12）は、自分が作家として進歩する過程について語るなかで、風景について深い知識を持っていると、書くものと土地の関係は以下のようになると記している。

「この場所が、私の作品という形になって結実している。その鍛錬は、詩人がほかの詩人のソネット（十四行詩）から学ぶのと似ている。それがしっくりこないのであれば、まだホンモノとは言えない」

＊12　アメリカの作家。『自然のペースで生きる——農業とアメリカン・ドリーム』など、自然を描いた詩や小説が多い。一九三四〜。

## コンコードにおける進化

一八〇〇年代の半ば、つまりソローの風景描写に変化が生じたころ、彼のおひざもとコンコードでもそれなりの進化が展開しつつあった。ヘンリー・ソローの青春時代、コンコードはニューイングランドのほかの入植地と同じように、農業社会だった。だがコンコードは、ニューイングランドの基準からいっても、決して寒村ではなかった。ソローがハーヴァード大学を卒業したころの面積は三十六平方マイルあったし、人口は堂々二千人もあった。東に向かってはウォータータウンやボストンに通じる交通の要衝にあったし、西はバークシャーにつながっていたし、北はニューハンプシャー・ヒル・カントリー、南にはサドベリーとニューイングランド南部が控えていた。かなりの交通量があったし、各地に向かう行商人や荷馬車でにぎわうことも珍しくなかった。

最初の移住者たちがコンコードにやってきたころ、このあたりは一面の湿地牧野と沼地で、それを鬱蒼とした森林が囲んでいるような場所だった。だが一八〇〇年代のはじめになると、農民たちは牛を使って開墾し、木々を切り倒しては根を掘り起こして畑を耕すようになり、かなり風景を変化させていた。住民たちは付近にごろごろしている花崗岩《かこうがん》を使って、住宅や領分の仕切りを作った。地表にも地上にも花崗岩が多く、人びとは神が鋤の先を刃こぼしさせようと試みる悪い冗談だと言って呪った。熱心に開墾に励んだおかげで、森林は面積の一一パーセントまで減少した。村の中心部にある水車用池の周囲を除けば、コンコードの風景は田園と牧場、耕された畑が中心だった。一八二〇年の統計では、コンコードの住民二百六十二人が農業に従事していた。現在のニューイングランドはかなり森林が豊富だが、ソローの時代のコンコード周辺はいまとはかなり違った状態だったに違いない。当時は樹木が少なく、ほとんど高みといえるほどのものもないがゆるやかに起伏のある草地や牧場、沼地が広がり、ところどころにこげ茶色に露出した小さな畑が点在し、わずかに残る森の面積はそれぞれ数エーカーほどの規模で、全体としてのどかな田園風景を作り出していた。一八四〇年代の前半、ヴァン・ワイク・ブルックス（＊13）が「ニューイングランドが（インテリの）花ざかりになった時代」と呼んだころでも、コンコードは基本的には農業が中心だった。

＊13　評論家、伝記作家、文学史研究者。一八八六〜一九六三。

農業史の研究家であるウェイン・ラスマセンは、この当時のコンコードは「ボストンに食料を供給していたばかりでなく、世界中に農業の新機軸を広める黄金時代だった」（『コンコード・ジャーナル』紙、一九九六年四月二十五日）と指摘している。

そのころソローがコンコードの農民とどのような付き合いがあったのかについては、諸説があって断定しがたい。彼は農民をあまり買っていなかったという見方が、現在でも有力だ。一九三九年に、ヘンリー・キャンビ（＊14）は、その点を次のように詳述している。

＊14　『ソロー』（ホートン・ミフリン社刊）から引用。

「農民」と「町の住民《タウンズメン》」の間には社会的に一線が画されていて、後者は高度な職業に就いている人びとと目されていた。農民は着るものが違うし、生活や考え方も異なっているとされた。ソローは森が好きではあったが、もちろん町の住民である。彼は農民に好意は持っていたが、同類の者とは認知していなかった。なぜかといえば、彼らの頭脳は野原で一緒に働く牛に左右されていると思われたからである。

牛が農民に影響を与えているという考えはキャンビの発想ではなく、ソローの考え方だった。ソローは、次のようにしたためている。

「(農民は) 考え方が牛に似ているばかりでなく、歩き方や力持ちのところ、信頼度、趣味の面でも牛と共通するところがある」(『日記』一八五一年九月四日)

だがこれは、ソローが農民を蔑視していたとか農業を軽んじていたというより、彼が田園生活に対して理想像を持ち、素朴さにあこがれた先入観を持っていたためかもしれない。

ソローは「旧来の固定観念」に捕らわれることのないよう心がけ、既成概念に惑わされずに人生体験に基づいて判断するのを旨としており、ウォールデンの森に暮らすという実験もやってみた。――その間に多くの地元民やグループにも会ったが、あまり得るところがない場合もあり、――高度な精神性が期待できず、以後の接触を絶ったケースもあった。彼は簡素な生活を信条としていたが、貧しさのなかの原始的で「野蛮な」ライフスタイルでは、高尚な思考には必ずしもプラスにならないことに気づいていた。ソローは以前から、観念的にいくつかの信条を持っていた。たとえば、インディアンは自然ないし居住地と完全に調和した、粗野だが高貴な生活を送っていると信じていた。――だが現実に直面してみると、実証はされないことが判明した。

これはたとえば、一八四六年にメイン州の森を訪れたときに明らかになった。そのとき出くわしたインディアンについて、ソローは「不正直で、だらしない連中」と描写している。さらに日記では、「レッドマン」（インディアンを指す）は「習慣に拘泥して進歩のない歴史を繰り返している」（『日記』一八五八年一月二十三日）とこき下ろしている。

ごく近所でも、アイルランドからの移民ジョン・フィールド（＊15）に出会ってからソローは従来の意見を修正せざるを得なくなった。フィールドは小さくて汚い小屋に妻子と暮らしており、ニワトリたちも「家族の一員」のように同居していた。ニワトリはにわか造りの住宅をうろつき回っており、生活に改善のきざしは見えなかった。ジョン・フィールドが別の場所に移ったとたん、「運も好転した」（『日記』一八四五年八月二十三日）。

＊15　アイルランドが「ジャガイモ飢饉」に見舞われ、多くの者がアメリカに移住したが、彼もその一人。貧しいのにコーヒーやミルク、バター、牛肉にはカネをかけるので、ソローは簡素な生活をするようたしなめたが、フィールドは聞き入れなかった、というエピソードが、ウォルター・ハーディングの『ヘンリー・ソローの時代』に紹介されている。

また、木こりのアレック・セリアン（＊16）という男とも知り合った。セリアンははじめのうち自給自足で簡素ながら楽しく暮らしていたようだったが、ソローが「ものごとを精神面で見るよう」さとしても効果がなく、ソローは大いに落胆した（『日記』一八五三年八月二十三日）。

*16　ソローと同年輩のフランス系カナダ人で、ソローの『ウォールデン――森の生活』にも登場する。ソローはセリアンのためにホメロスの一部を英訳してやったこともあった。このエピソードも、前掲書にある。

ほかにも似たような体験がいくつかあって、「すべての人間は潜在的に精神性を秘めている」という超越主義的《トランセンダンタル》な思考に疑問を抱くようになる。それまでは、たとえ表面的には荒っぽく見えても豊かな精神性が埋もれているに過ぎない、いずれ適切な環境に出くわせばそれが花開く、と信じていたのだった（デイヴィッド・E・シー『簡素な生活――アメリカ文化における質素な暮らしと高度な思考』オックスフォード大学出版会）。

したがってソローは次第に見方を変え、世の中には奴隷のような人生を送らなければならない者もいれば、神からなんの啓示も受けないばかりか、知的な好奇心にも恵まれず、倫理観にも欠け、自尊心が欠如している者さえいることを、認識するようになった。農民のなかにこのジャンルに該当する者がいることをソローは承知しているが、人格を高めようという意欲に欠けるために仕事に習熟できない人間は、牛と一緒に暮らしてその頭脳の影響を受けているというよりも、性格上の弱点を永遠に克服できないためだ、と理解していた。

ソローは、農民たちの激しい肉体労働を折りに触れて称賛しているし、畑の美しさにも感嘆の声を上げている。彼は若いころに傾倒した超越主義《トランセンダンタリズム》(＊17)に根ざす希望や楽観主義を放棄したくなかったかのように、日記では「土に帰依した人びと」についてひんぱんに書き記している。ジョージ・ミノットやエドモンド・ホズマー(＊18)などは、ソローが理想とする農民の姿に近かった。勉強していて教養があり、生活は簡素で自給自足を旨としていた。「極限まで労働し」、「急ぎもしなければやっつけ仕事にもならず、喜々として働いている」(『日記』一八五一年十月四日)感があった。

＊17　ソローの時代、ニューイングランドのインテリの間で流行した哲学的な思考で、「限定された感覚を越える純粋な理性」。エマソンの表現によると、「無限なるものについての感情」。
＊18　ソローはホズマーを「聡明な農場主」と呼んで親しく付き合っており、ソローは死に際に自著を贈っている。ミノットは、肋膜炎でソローより先に死ぬ。

一八四四年に、ボストンとフィッチバーグ(マサチューセッツ州)をやがて結ぶ鉄道が、コンコードまで通じた。それまで何十年にもわたって、町の暮らしで「時報」的な役割を果たしてきたのは集会場の鐘だけだったが、新たに汽笛が加わって競合するようになった。鉄道の開通は、田舎町コンコードの住民に大きな変化をもたらした。だがソローは相変わらず、ここに引きこもっているほうを好んだ。彼が好んで足繁く訪れていたのは、彼がイースターブルックス・カントリーと呼んでいた地域（現エスタブルック・ウッズ）だった。もう一つのお気に入りは、ウォールデン湖の周辺だった。新しい鉄道は、ウォールデン湖の南西部をかすめるようにして森を貫いていた。現在でも進められているウォールデンの森を守るコンコード住民運動の第一号は、おそらくこのころ始められた。当時は残り少ない森林地区だったため、この美しさと静けさを妨げる鉄道に抗議の声を上げたのだった。ポール・ブルックス（*19）が『コンコードの人びと』（一九九〇）のなかで述べているように、「鉄道はまだ建設中だったが、町の有力者たち、たとえばエマソンやオルコットなどは鉄道当局の高官に次のような請願書を送っていた。

*19　ニューイングランドの自然に関する著作が多数ある。ソローやレイチェル・カーソンなど、ナチュラリストに関するものが多い。一九〇九～九八。

「われわれコンコードの住民は、貴下と契約された企業が鉄道の新線建設を計画されている個所が、われわれ自然を愛する者たちが最も貴重だと考えている地域に該当しているという点を、僭越ながら緊急にお伝えしたいと存じます。コンコード川の支流に沿ってわれわれのセントラル・パークがあり、これはニューイングランドのなかでも最も純朴で風景の美しいところです。このような場所に鉄道を敷くことは最大の愚挙であり、たとえ木一本、茂み一つでも薪を作るためであれなんであれ、伐採するのは無謀な破壊であり、不必要な鉄路の建設をわれわれは野蛮な行為であるとみなします。あなたがたが再考して断念することを、強く求めてやみません」

だがソローはこの点に関しては楽観的な姿勢を貫き、何本かの雑誌記事で鉄道建設を喜ぶとともに鉄道のすべてに興味を示し、車両の通過音から線路下の砂利に至るまで関心を寄せていた。たとえば、次のような具合である。

「鉄道はおそらく、私たちにとって最も楽しく興奮をもたらすものになるに違いない。線路は丘を穿《うが》って延びる。そのトンネルの上には、家もなければハイカーも通らない。鉄道旅行は、私になんの不安も抱かせない。こんもりとした森は、線路の上に相変わらず覆いかぶさったままであるに違いない」（『日記』一八五二年三月九日）

コンコードの「有力者」たちが環境破壊に抗議する姿勢は、現今の「戦闘的《ラジカル》」な環境保護論者《エンヴァイロンメンタリスト》を思わせる。一方のソローは「アメリカにおける環境保護運動の父」と一般的には考えられているのだが、彼の立場はどのようになってしまったのだろう。一八五一年にコンコードにも電報が届くようになったが、ソローはこれに関しても大いに興奮し、電信用の電線を振動するハープにたとえ、こう評している。

「電線のハープは、これまでのだれよりもはっきりと、完全に私にメッセージを伝えてき

た」（『日記』一八五二年三月十五日）

新技術の導入や自然の保護に関して、ソローは今日的な用語でいうと「中庸《モデレート》」な姿勢を見せている。彼の見方は自然を包括的に概観しようとするもので、そのなかに人間が果たす役割も含まれている。自然と人工物を包含した、風景の新しい解釈だといえる。自然を愛すると口では言いながら現実にはほとんど親しもうとしない者を、ソローは信用しなかった。したがって、現実を知らない学者の保護を訴える意見より、最も「野蛮な」木こりでも、実体験に基づく見解のほうを重用した。ソローは、こう言っている。

「木こりは自分の森について気恥ずかしそうに語り、斧で無造作に切り倒す。だが自然を愛好すると口先だけで熱弁を振るう者よりも、木こりの発言のほうが高く評価できる」（『コンコード川とメリマック川の一週間』）

鉄道も電信もやがてコンコードに変化をもたらし、ソローの「自然に加担する」姿勢と意見にもプラスに働いた。鉄道のおかげで、ボストンまでの旅行時間が大幅に短縮された。馬車では四時間かかったが、列車だと一時間足らずで行けた。「車両」は地元の農民の競争を激化させ、息子や娘を都会に取られてしまった。家族だけの労働力に頼って細々とやっている小規模な農家は、市場に大量供給する農業に破れた。とくにボストン市民にミルクや乳製品を提供する酪農家は、大いに潤った。だが一般的に言って、規模の小さい入植者の自作農家で、若手の後継者がいないところは成り行かなくなって姿を消していった。コンコードの農業は、革命的な変化を遂げた。古くからの慣習を繰り返してきただけの高齢の農民は新しい生活にとまどうだけでついていけず、ほかに生きる道を見つけることもできなかった。多くの者が極貧の奈落に落ち、「無言の絶望」に陥った。ソローは、このような農民のふがいなさをしきりに批判した。

さらに鉄道のおかげで、地元民たちは狭い視野を広い地平線にまで広げることができるようになった。コンコードの住民たちはそれまでケンブリッジ・ターンパイク（＊20）を大きく越えて外界に出て行くことがほとんどなかったが、鉄道の開通後は朝ニワトリにエサをやったあと、日中はボストンで刺激に満ちた都会の雰囲気を満喫し、夕方に牛の乳しぼりができる時間に戻ってくることが可能になった。生活パターンが変わりつつあったし、将来への期待感もさらに高まった。

＊20　コンコードの中心部を北西から東南に走る幹線道路。

だがソローを怒らせたのは、土地の所有感覚が変化したことと、森が失われていくことだったように思える。一八四〇年代のはじめには、インテリの間で「共同社会生活《コミューナル・リヴィング》」の実現を模索する気運が高まった。たとえば一八四一年には、ユートピアを求める人びとがウエスト・ロックスベリー（マサチューセッツ州。現在はボストンの一部）でブルック・ファーム

（＊21）という実験的なコミュニティを建設した。

**＊21　エマソンの友人ジョージ・リプリーが土地を購入し、七年間にわたって共産主義的な共同社会を運営した。**

ブロンソン・オルコットが一八四四年に作った「フルートランズ」（マサチューセッツ州）も、似たような試みだった。一八五〇年代になると、土地の所有は反対方向に揺れて個人が投機する対象になり、それまで個人所有の不動産でおこなわれていたような活動は禁じられた。公共の用地は次第に姿を消し、以前は見かけなかったような塀や柵が立てられるようになった。したがって、ソローのようにところ構わず勝手に歩き回りたい者にとっては制約ができた。さらに列車のおかげで、コンコードにも新たな産業や商業が入り込んで来た。最初に、ウォールデン湖で天然氷を切り出す業者が入った。次に、火薬工場や羊毛の織物工場もできた。新しい建物を建設するために、ただでさえ減少しつつあった森林の伐採に拍車がかかった。ソローの時代には、料理や暖房には暖炉の代わりに居間や台所でストーブが使われるようになったが、マサチューセッツ州の農家では、一八四〇年代の終わりになるまでストーブはあまり普及しなかった。（＊22）

＊22　ジャック・ラーキン『日常生活の変遷――一七四〇～一八四〇』、一九八八年刊。

したがって、薪の需要は減らなかった。節約を旨とするコンコードの農民たちは、一年に薪六束《コード》（＊23）ほどを使うだけだったが、平均すると二十束、エズラ・リプリー牧師（＊24）のように裕福な家庭では三十束を消費した。

＊23　燃料用木材の容積単位。一コードは、長さ四フィート（一・二メートル）、高さ四フィート、幅八フィートにまとめたもので、約三・六立方メートル。

＊24　コンコード・ユニテリアン教会の聖職者。影響力を持った司祭で、文学者で超越主義者でもあり、ソローも懇意にしていた。一八二〇～八〇。

近隣の大都会ボストンは、田舎町コンコードに甚大な影響を与えた。すでにメイン州の森林から年に六十万コードもの材木を持ち出しており、さらに膨大な需要があった。木こりたちが伐採する斧の音が、コンコードのあらゆる場所で聞こえた（ロバート・D・リチャードソン・ジュニア『ヘンリー・ソロー――その精神生活』、一九八六年刊）。

このように自然の聖域が急速に破壊されていく状況を見たソローは、精神面で事態を見直すよう強調した。だがソローの存命中、彼の真摯《しんし》な訴えの多くは、ほとんど書斎の外には響いてこなかった。彼の日記やフィールドノートが人の目に触れることは、散策に同行する者を除いてはまずなかった。彼の著書が広く読まれることはなかったし、彼の意見が珍重されることもなかった。四十代のソローは、周囲に影響力を与えられるなどという幻想も持っていなかった。

彼は「ウォーキング」というエッセー（＊25）のなかで、「野生のなかにこそ真の世界が残されている」という、いまや有名になった一句をしたためている。

＊25　『野生にこそ世界の救い』（山と渓谷社）という、この部分を含んだアンソロジーもある。『ウォーキング』は、英文の復刻版（ハーパー・コリンズ社刊、ほか）がある。そのなかに、「遊歩芸術」という表現も出てくる。

野生は倫理観を目覚めさせるために、あるいは精神の健康にとって必要不可欠だとソローは信じているが、人格を高めるためには定期的に自然を訪れることが最善だと思うようになった。だがその際に、文化、学習、社会などの要素もつねに加味しなければならない。

ソローは次第に、コンコードの社会も住民も気安く受け入れようという寛容さを身につけるようになってきた。そして彼らも、コンコードの風景には欠かせない存在だと認識し始めた。ときには、町の人びとが「大道に根が生えたように居座って」しゃべっている鳥の羽音のような騒音を楽しむかのようなそぶりさえ見せるようになり、最新のニュースが「がやがや、もそもそと語られるのを、エテジアの風（＊26）であるかのように心地よく聞き流す」（『森の生活』）

＊26　エーゲ海に吹く季節風。とくに、夏に吹く北風。

つまり、彼にとっては孤独も欲しかったし、社会も必要だった。彼は、この二つの主従関係がひんぱんに入れ替わるのを歓迎した。一方が野放図に肥大化すると、他方がゆるやかに死んでいく恐れがある点を、ソローは懸念していた。エリシアの野（＊27）に到達する道は、村も原野も通り抜けていかなくてはならない。この両者のバランスがとれている限り、この道をたどるのは楽しいに違いない。

＊27　エリュシオンは、ギリシャ神話で、善人や英雄が死後に住む楽土。

ソローは長いこと、コンコードを背景とした孤独な人物だと住民たちから見られてきた。どの家にもある、紙を切り抜いて壁に貼った影絵のようだと評する者もいた。彼は楽しげな人物に見えたが、つんとすましていて付き合いにくい性格で、村人たちと親密な友情を気づく人ではないと思われていた。だがソローは次第に、村人たちも自然や風土と同じく不可欠な存在であることを痛感し始めた。ソローの四十四年という短い一生のなかで、最初の日記に書かれている内容はなかなか象徴的だし、彼のホンネが出ていると思われる。彼は孤独を求めて、次のように記している。

ひとりでいると、現状から逃避したいと考えるようになる。――自分自身も避けたくなる。ローマ皇帝の鏡の間にいたら、どのようにしたら孤独になれるのだろうか。私なら、屋根裏部屋を捜して逃げ込む。（『日記』一八三七年十月二十二日）

それから二十四年後――結核を患ってミネソタ州で療養しても回復しないまま、ソローは死が遠くないことを悟っていた。友人のダニエル・リケットソン宛の手紙で、ソローは友情や社会が必要であることを認めて、次のように書いている。（『書簡集』）

あなたの数多くの招待を思い出して、この短い手紙をしたためているのですが、申し上げたいことは、もしあなたがご在宅で、しかもお差し支えなければ、来週にもおじゃまして、病身ながら、ご一緒に馬車に乗るか、散策をしたいものと考えています。敬具。

ヘンリー・D・ソロー

# マスケタキッド
## ——ソローのアメリカ原住民的な風景

エコロジーの危機が叫ばれている現在、人びとは改めてヘンリー・ソロー(一八一七〜六二)の著作に注目するようになった。それと並んで、インディアンの偉大な酋長たちの発言や予言にも、現代に共通した精神的な支えになるものがあるのではないか、と期待する人が多い。ソローの記述のほかにも、ブラック・エルク、ジョセフ酋長、シアトル酋長(*1)などの警句が基金募集のパンフレットやポスター、あるいは豪華な写真集に掲載され、金科玉条のような趣で麗々しく掲げられている。環境破壊が繰り返され、不適切な環境が広がりつつあるのが現状だが、彼らのことばはわれわれの気持ちを打つ。これらの声は、自然ないしは破壊が進む以前の過去が発したのではないかと思われるほどで、現代の人間が忘れ去ってしまった前世の風土や動物に成り代わって発言しているかのように思える。自然に最もよく馴化《じゅんか》したアメリカ人であるソローは、偉大な酋長たちともうまく通じ合っている。ソローも酋長たちも、現代の忠告者だといえる。

――ロバート・F・セイヤー（『ソローとアメリカン・インディアンたち』、一九七七年刊）

＊1　ブラック・エルクは、オグララ・スー族の聖人。伝記や語録が多数ある。（一八六三～一九五〇）。ジョセフ酋長は、オレゴン州ネズパース族（一八四〇?～一九〇四）。シアトル酋長はドゥアミッシュ・スクワミッシュ族。カトリックに改宗して白人に好意的で、ワシントン州シアトルに彼の名が残されている。（一七八六～一八六六）。

このアンソロジーの編者は、J・O・ヴァレンタイン。生物心理学者。人間・風土・社会の相関関係における自然の役割を研究しており、とくにソロー関連の屋外における記念的な遺品の保存に尽力している。

## 消えた部族

私（ソロー）が〔郷里〕マサチューセッツ州コンコードの畑を歩きながら、まずは繁栄している私たちアングロサクソン一族の運命——そしてこの新国家（アメリカ）の尽きることのないエネルギーについて思いをめぐらせていると、このコンコードがかつてはマスケタキッドと呼ばれていたことや、アメリカ人という種族がここへやってきた運命のことなど、忘れてしまいがちだ。かつてここに住んでいた種族は、踏まれて土のなかに潜り込んでしまったかのように完全に消滅してしまい、その名残が——ふんだんに見られるトウモロコシや穀類に交じって——あちこちに散在している。

（『日記』一八四二年三月十九日）

## インディアンの墓

メリマック川に沿ったゴフの滝のあたり、「ホップとそれを使ったビール」で有名な現在のベッドフォード（マサチューセッツ州。コンコードの北東）の町に近い堤に、原住民たちの墓がいくつかあったはずだ。現在でもその跡はいくらか残ってはいるが、時間の経過とともに、彼らの骨も少しずつ風化して消えてゆく。だが春になると、最初に彼らがここで魚を釣り、狩猟をしてから絶えることなく、毎朝カバやハンの木の小枝に止まったツグミモドキが季節の到来を告げる。またコメクイドリ（ボボリンク）も、例年通り枯れ葉のなかでさえずりを続ける。だが、人骨のほうは音なしである。だがこのようなパターンの繰り返しは、ゆっくりと新たな変容をもたらす。インディアンたちは新たな主人たちに仕え、彼らの遺言は白人たちの血肉になっていく。

**（『コンコード川とメリマック川の一週間』から「水曜」の項）**

## インディアンの魚釣り場

川のほとりで、古い地面から砂が飛ばされた個所があって、そこにインディアンのウィグワム（＊1）の床が露出していた。

**＊1　先端が尖ったティーピー・テントとは違って、丸天井で半円球の小屋。**

焼け焦げた石が周囲を丸く囲み、直径は四、五フィート（約一・五メートル）ほどだ。砂に半ば埋もれているが、良質の木炭や小動物の骨が散乱している。周囲の砂にまみれて、火種の底に置いた焼け焦げた石が散らばる。鏃《やじり》用の石の破片も、たくさん落ちている。ほぼ完全な形のものも一個、見つけた。家の一角に、インディアンがすわって水晶の原石から鏃を作っていたと思われる場所があった。そのあたりの砂地には、ガラスのように光る水晶の小さな破片がまぶされていた。なかには四ペンス貨（＊2）ほどの大きさのものもあり、おそらく作業中に割ってしまったのだろう。白人がやって来る以前、インディアンたちはここで釣りをしていたに違いない。

**＊2　アメリカ東部で、南北戦争前に使われていたスペイン銀貨。フィペニー・ビットとも呼ばれ、六セントの価値があった。**

**（『コンコード川とメリマック川の一週間』から「月曜」の項）**

## 新たな能力の発見

世界は狭くなり、浅くなったとつねづね思っていたのだが、今日は家に戻ってくると、自分の視野が広がった感じがして、世界はいくらか広くなったのではないかと、嬉しげにひとりごちた。私は湖畔を散策していて、インディアンがいまだに居住しているのではないかと思われる場所に足を踏み入れて、新しい世界に遭遇したからである。私たち（白人）が放置したままの個所に、彼らは戻ってきたのではなかろうか。人間の能力を探り出すことには、大いに価値がある。――インディアンは、神のような能力を備えているのではあるまいか。私たちを興奮させるような要素は、私たちをひとまわり大きくしてくれる。彼らは、森のなかでも道を見失うことがない。白人が持ち合わせていないような知性も、ちゃんと身につけている。――それを見て私の能力は啓発されるし、彼らを敬《うやま》う気持ちも募る。私が知っているのとは違った筋から彼らが知性を得ていることを知って、私は嬉しくなる。以前は野蛮だと思っていたことの一部も、評価し直すべきだと考えている。

（一八五七年八月十八日付のH・G・O・ブレイク［＊3］への手紙。『書簡集』）

＊3　マサチューセッツ州ウースターに住む牧師・教師で、ソローの弟子になり、著作の管理者を勤めた。

## この国はどこにあるのか

新たな状況が生まれると、驚くべきことに、風景に対しても新たな視点を持つことが可能になる。この国が住民の心のなかにのみ存在するのだとなると、「インディアンのアメリカ」が残した痕跡は大きい。――私たちの世代には、「アメリカン・インディアン」の性格が強く残っている。

（『日記』一八四二年三月十九日）

# 鏃《やじり》その一

四週間から六週間ほど前、不思議なことがあったので、これは書き留めておいたほうがいいと考えた。（兄）ジョンと私がインディアンの遺物を捜していたところ、うまいことに二つの鏃と一本のすりこぎを見つけた。日曜日の夕方のことで、私たち二人は成果のことで頭がいっぱいのまま、スワンプ・ブリッジの小川のところまで戻ってきた。高くなった川堤に近づいたころ、私は自分が追究しているテーマに触発され、かつての野蛮な時代に思いをめぐらせた。そして自らおおげさなジェスチャーを交えて、往時の荒っぽい時代を復元して見せ、次のように述べた。「ここナウシャウタクトに、彼らが集う小屋がある。そして向こうのクラムシェル・ヒル（貝殻の丘）には、宴会場がある。だれもが好きで、よく顔を出す場所だ。この外れには、見晴らしのいい展望台がある。インディアンたちは、彼方の森に日が沈むこの時間帯にはひんぱんにここに立って、最後の陽光がマスケタキッドの川面に輝く光景を眺めたに違いない。そしてこのところの成功と今後の繁栄に思いを致し、影の地に隠れた父親ら先祖の霊と交信する！

『ここに、タハタワン（＊4）が立ち、（適切な間《ま》を置いて）あそこに、タハタワンの鏃がある』と、私は厳かに宣言した」

＊4　ソローが自らにつけた、インディアンふうのニックネーム。

私が指し示した場所に二人は行ってすわり、ジョークを続けるために勝手に選んだ石の上に横たわった。そして手を伸ばして石を拾うと、なんとそれがまさに鏃だったではないか。しかもほぼ完全な形で、インディアンの職人が仕上げたばかり、という感じだった。

（『日記』一八三七年十月二十九日）

## インディアン・コーン・ヒル（＊5）

＊5　インディアン・コーンといえば、ポドコーン、飾りトウモロコシなどとも呼ばれる。食用ではなく、ドライにして装飾用に使う。ルビー色や黒、白、グレーなど、さまざまな色がある。だがここでは、「インディアンが栽培していたトウモロコシの丘」を意味する。あとの項では、本来の「インディアン・コーン」が登場する。

かつて山腹にあったトウモロコシ畑は、いまではカバやヒッコリーの木々が繁った森になっている。そのあたりを通過し、いま森にたたずんで足元に踏みしめているのが、いにしえのコーン・ヒルだ。――この付近は樹木が繁茂するままに任せていて、ふたたび畑に転化してジャガイモを収穫しようとする者はしばらくいそうにない。——だが、いまだに「インディアンのトウモロコシ畑」と呼ばれている。しかし土に石が混じっている具合から見てもそうは思いがたいし、インディアンの女性たちが貝殻や薄い石や木の鍬《くわ》を使って、現在と同じように耕していたとは考えにくい。私の見方は、間違っているだろうか。

（『日記』一八五一年九月十二日）

## インディアンの血

血のような斑点が付いている石が、私は好きだ。インディアンの血でも構わない。——地上に、人間がひしめいていた証拠なのだろうか。——苦難を負いながら生きていくことにも、快感はある。——すでに滅亡した民族が、石に血を残したのか。——私が踏みしめている大地は、激動を繰り返してきた。人間の痕跡が浸み込んでいる。私は、大いに心安らぐ。私は、先祖の土地を耕す。——化学的な分析をしても判明はしないだろうが、——私は、牧場に転換できるよう努める。

（『日記』一八五二年三月四日）

# インディアンへの最後の奉仕

レッドマン（インディアン）からこれらの土地を買い上げた森の野人は、パトリック・ディヴィス・バーレット・バークリーの一派である。いまでもあちこちで、インディアンの血を持っている人びとを見かける。――あるいは、野性味を持った純血インディアン酋長の血を引いた、ちょっと変わった農夫もいる。――また、マサチューセット族の生き残りのひとりが、羽つきの棒と銃を手にして鉄道の車両に乗り込んでこないとも限らない。犬を連れたインディアンの女性も、よく見かける。犬だけが友で、わびしく一緒に暮らしている。小学生たちからバカにされながら、バスケットを編み、野イチゴを摘んで生活の糧にしている。このような女性と、道路で出会うことがある。――子どもたちを連れている場合もあるし、ひとりだけのときもある。――表情は陰鬱で、歴史的な宿命を背負い、先祖と同じ道をたどっている。夢のなかでは、何回も先祖を呪い殺している。彼らを弔《とむら》うかのように、野イチゴが群生していた。だがこのところ、マスケタキッド川のあたりではまったく見かけなくなった。もう十年あまりも前、カヌーに乗ってこの堤にやって来てキャンプをしていた連中が、いったいどのあたりからやって来てこんなに増えたのだろう、と私に尋ねたことがあった。子づれでないインディアンの女性が犬を脇にはべらせて、民族模様の肩掛けを織っている。――滅びゆく部族への、最後の奉仕だ。まだ、社会の構成要因として完全には組み込まれていない。――大地の娘であり、この土地の高貴さを備え、――一方の白人は役に立たない外来のゴボウであり、ピーナツに取って代わる雑草である。

（『日記』一八五〇年七月十六日）

## インディアンの貯蔵穴

「アモスケアグ」ないし「ナマスケアク」ということばは、「大いなる漁場」を意味するという。そのあたりに、サチェム族ワナランセットが住んでいた。彼の部族の伝統によると、モホーク族と戦争に入ったときには、滝の上部にある岩の割れ目に食料を隠したという。インディアンたちは「この穴は、神がこのような目的で作られたものだ」と認識しており、イギリスの学士院《ロイヤル・ソサエティ》よりうまい利用法を心得ていた。十八世紀の学士院会報によると、これらの穴は「人工的に作られたものと思われる」と記している。

（『コンコード川とメリマック川の一週間』から「水曜」の項）

## 古くて新しい

私たちがボートで通過してきたあたりは、古戦場であり、狩猟地でもあった。かつては、多くのハンターや戦士たちが寝起きしていた。彼らが石で築いた堰《せき》や鏃《やじり》や斧《おの》、白人がやって来る前に原住民がインディアン・コーンを砕いて粉にしていた杵《きね》と臼《うす》。これらの遺物が、川底の泥のなかに埋まっている。彼らが優れた技術で大量の魚を漁った地点が、言い伝えで分かっている。ある歴史家が、いち早くこのような地点を調べ上げた。たとえば、ミアントニモ、ウィンスロップ、ウェブスター（＊6）などである。インディアンたちは間もなくホープ山からバンカー・ヒルへ移動し、クマの毛皮、乾燥トウモロコシ、弓矢という生活から、タイル葺きの屋根、小麦畑、拳銃と刀に転換した。漁期にインディアンが魚取りに熱中したポータケットやワメシットは現在ローウェルと改称されて紡績の町になり、「アメリカのマンチェスター」（＊7）と呼ばれており、綿の衣類を世界中に輸出している。

＊6　この項に出てくる地名は、いずれもマサチューセッツ州。
＊7　イギリスの商業都市マンチェスターは、紡績や衣料・染色の中心地だった。

私たち若い者がチェムズフォードの村のあたりをボートで下りながら聞いた鐘の音も、小さな機織り工場に響くだけで、大手の紡績産業はまだ誕生していない。私たちが齢を重ねても、この周辺はまだ若い。

（『コンコード川とメリマック川の一週間』の「日曜」の項）

## 文明化したインディアンたち

私たちは、「インディアンを啓発する」というような言い方をする。だがそれは、生活を向上させることには繋がらない。独立させると言ったところで、彼らは薄暗い森のなかに暮らしたまま、伝統的に崇拝している神々と交わり続けるだけで、ときどき自然の特異な現象に遭遇するくらいなものだ。

（同右）

## インディアンの方位磁石

背丈は十八フィート（五・五メートル）ほどで、まだ若くてしなやかなストローブ松の小さな森には、面白い現象がある。――この時期には、元気のいい若草色の新しい枝がもとの枝の先端に三インチから十八インチ（七・五センチから四十五センチ）ほど伸びていて、古い葉の濃いグリーンとは好対照だ。新たな枝はおおむね曲がっているが、観察していると、もう一つの特色に気づく。いずれも、東の方向に曲がっている。先端の角度は、ほぼみな同じで、下図のようになっている。

私は、「ヘンリー（ソロー）の冒険」の観察を改めて思い起こした。インディアンたちは、曇った日にはこれを方角の指針にする。——これらの若枝は、下のほうではじめから東のほうを向いているものを除くと、みな東向きに曲がっている。これでインディアンの方角認知方法が確認できて、たいへん満足した。私はこのあたりのすべての松の若枝がこの法則に従っていることを最初に気づいたとき、大いに感嘆した。——しかも、これは風の方向や、ほかの木の陰になっているなどの点とは関係がない。この原則をさらに確認するため、——どこか一か所に立って、すべて空中に出ている多くの枝を観察するのは困難なので——私は木の後ろを回って西側に行き、曲がった枝が一方向に向かっていることを確かめた。——さらに推定時間と自分の影の位置から、枝の先端がすべて東に曲がっていることが確認できた。私は長年にわたっていろいろな観察をしてきたが、この発見には最大の満足を覚えた。急速に成長する若い枝には、この原則が適応できる。このような状況がどれくらい継続し、旅人の方角案内に役立つのか。どれぐらい経つと、真っ直ぐになるのか。これは、自然の方位磁

石だ。この点に気づいた文明人は、それほど多くないに違いない。――非文明人（＊8）にとっては、きわめて重要なことなのだが！
山歩きをする者に、どれくらい知られているのだろうか。――科学では、まだ説明がついていない！

（『日記』一八五二年六月二十三日）

**＊8　原文では、savage（野蛮、未開）を使っている。**

# インディアンのための歌

ベイツガ（米栂）の、暗い木陰にすわっている。――あちらの山腹にも、ベイツガが鬱蒼《うっそう》と繁っている。今日のように嵐っぽい日の夜、この茂みの下は陰鬱だ。木陰の地面は、濡れて剥き出しの岩と折れた小枝が散乱しているだけだ。――落ち葉はほとんどないし（ベイツガの葉を除けば）下草も生えていない。目の前にある小さな湖の近くで、小鳥たちが雨にもめげずさえずっている。――飛んできてハンの木に止まったチカディーという鳥は好奇心が旺盛なようで、黒い鳥――ウタスズメが開きかけた蕾《つぼみ》をついばもうとしている姿を偵察している。だがここでも、ロビン（＊9）の鳴き声が際立っている。

＊9　一般にはコマドリだが、北米ではコマツグミ、ワタリツグミ。

森のどのあたりでさえずっているのか、その距離感が掴めない。インディアンがこのあたりに住んでいたころにも、同じように鳴いていたのだろうか。私は、ひとりごちた。――なぜかといえば、この声を聞くと、私は村や開けた場所を連想するからだ。だがいまの鳴き声には、原住民の野性的な緊張感が感じられる。――そして、やはり森に棲む鳥なのか、と思わせる。――文明人が聞いていないときだけさえずるのかな、という気もする。――ツグミのコーラスを思わせる、純粋に森のメロディーだ。ほんものの、野生のトーンが感じられる。――いくら文明化されたものを持ってきても、この代行はできない。おそらくインディアンのウィグワム小屋の頭上でも、夕方にはニレの枝に止まって同じように鳴いていたに違いあるまい。――そしてレッドマン（インディアン）の心に、暮らしのさまざまな面――あるいは子どものころ――を思い起こさせたのではなかろうか。以前ロビンの鳴き声を聞いたとき、私は白人の村を連想した。――だがいまでは、インディアンの子どもたちが聞いたのと同じ鳴き声を耳にして、レッドマンの生活を思い浮かべる。――そのときの情景を想像しながら痩せた切り株畑に目をやると、柄《え》に結ばれた鏃《やじり》が雨で光っていた。

（『日記』一八五二年四月二十一日）

# ヤンキース

白人は夜明けのように青白い顔色で、さまざまな考え方を持ってここにやって来た。なけなしの知性をかき集め、自分が知っていることの限界をわきまえ、推測に頼らず、計算に基づいて判断した。結束して共同社会を作り、権威者の下で服従した。体験を重んじ、称賛すべき常識を持ち合わせていた。なまけ者であっても能力は持っており、のろくても忍耐強く、厳格だが公正で、ユーモアには欠けていても誠実だった。働くことに意義を見出し、ゲームやスポーツはさげすんだ。頑丈で、長持ちする家を建てた。インディアンが作るモカシン靴や篭を買い、次いで彼らの狩猟地も買い上げた。だが自分たちの祖先の骨をどこに埋めたのか忘れてしまい、掘り返して捜すありさまだった。すっかり古ぼけた町の記録が残されており、矢やビーバーの絵などインディアン酋長のものと思われる印も記されている。いくつか重要な文字もあり、酋長が狩猟地を譲渡する旨が書かれている。署名している白人たちはアングロサクソン人、ノルマン人、ケルト人を思わせる名前で、それらが川に沿って地名として残されている。——たとえば、フラミンガム、サドベリー、ベッドフォード、カーライル、ビレリカ、チェムズフォードなど……。——これは、「ニュー・アングル」(＊10)の地であり、レッドマン(インディアン)に言わせれば「ウェスト・サクソン」であり、人びとは「アングリッシュ」や「イングリッシュ」ではなく、「ヤンギース(Yangeese)」である。

それが現在の「ヤンキース」になった。

**＊10 New Angle アングルはイギリスを指す。つまりニューイングランド。**

**（『コンコード川とメリマック川の一週間』から「日曜」の項）**

## ある美しい地方【バンゴールからオールドタウン（＊11）へ。五月十日】

バンゴールからオールドタウンへの鉄道は、森に文明の接線を引いた感じだ。

**＊11 ともにメイン州南部。**

——オールドタウンで、私は年輩のインディアンとかなり話し込んだ。彼は水辺（＊12）の平底はしけにすわってまどろんでいた。

**＊12 この町は、ペネブスコット川沿いにある。**

彼は足をぶらつかせて鹿皮のモカシン靴を板に打ちつけ、しきりに両手を下にだらりと下げる動作を繰り返しながら、話し続けた。私が会った人びとのなかで、彼は最もおしゃべり好きだった。――狩りや釣り――むかしのこと現在のこと――を語った。ペネブスコット川を指しながら、彼はこう言った。

「ここから二、三マイル（三キロから五キロ）ほど上《かみ》に行くと、とても美しい地方がある！」

そして私がはるばるここまでやってきたことを忘れ、彼が遠路を歩いて来たかのような調子で、こうのたまった。

「いやあ、しんどかったよ！」

彼はどうやら、相手を取り違えていたようだ。

（『日記』一八三八年五月十日）

## 自然の変革

自然を変革するのはいいことだとしてプラスに評価されるし、興味ある裏話も語られる。この川の堤に関してもそうだし、歴史を遡ったユーフラテス川やナイル川についても同様だ。この川からほんの数ロッド（一ロッドは約五メートル）ほど離れたところに立っているリンゴの木は、友好的なインディアンで、ジョナサン・ティィングに仕えていた男から「イライシャのリンゴ」と呼ばれている。もう一人の男は、インディアン同士の戦いによってここで殺された。――私たちはその具体的な話を、現場で聞かされた。遺体はこの近所に埋められたが、正確な場所はだれも知らない。だが一七八五年の大洪水によって、以前に荒らされた墓が大量の水で元に戻され、水が去ったあとに残された穴に墓地がそっくり姿を現した。だがそれも、現在ではふたたび失われている。今後また洪水があっても、もう決して分からないだろう。しかし自然は疑いなく、必要とあればいつの日かこれを白日の下にさらすに違いない。もっと違った、意外な方法によって。したがって、教会の墓地に新たな土饅頭を作ったところで、霊魂の活動が止み、肉体の拡張が途絶えるという危機に見舞われるかもしれないし、地面にわずかな陥没が起こっても、自然のなかで肉体がスペースを持てなくなる危機もやってくる可能性がある。

（『コンコード川とメリマック川の一週間』から「金曜」の項）

## 鏃《やじり》その二

私が発見した鏃など出土品の大部分は、軽くて乾燥した地面に転がっていた、という点は特筆に値する。――たとえば、グレイト・フィールズ、クラムシェル・ヒルなどである。――最初に雪が解け、霜も最初に去る場所である。グレイト・フィールズでも、北東部のごく一部だけがなぜかきわめて湿度が低い。そのなかにうまく飛び降りることができないほど狭い砂地だが、不思議なことにそこだけは鏃がたくさん出る。わずか一ロッド（約五メートル）か二ロッドの範囲にしか見つからない。ウィグワム小屋が建っていた場所ではないかと推定できるが、そこからどの方向に六ロッド（三十メートル）も離れたらもう見当たらない。見つかるとすれば、深さはせいぜい一フィート（約三十センチ）までのところだ。インディアンたちは平原のなかで春先には最も乾燥した場所が好適だと考えて、このような個所を選んだのではないかと思われる。

（『日記』一八五九年三月十三日）

これらは、穀物のように蒔かれる。一面にばらまかれるのだが、発芽が遅い。「竜の歯」を蒔くと兵士が収穫できるが（＊13）ここからは哲学者や詩人が生まれる。

＊13　ギリシャ神話では、カドモスが殺した竜の歯の半分を蒔くよう勧められ、それに従ったところ、武装した兵隊が生まれてきてお互いに殺し合ったという。

同じタネから、植物も育つ。ただし、石のように固いくだものが実る。その植物を植えた人のところに近づくたびに、私はその人の骨を拾うのではなく、その人から一つずつ思想を分けてもらう。骨からでは、骨を生んだ英知《ウィット》は得られない。だがその骨が生んだ作品からなら、得るものがある。それは、「人間性」を込めて地表に刻み込まれている。雪が溶ければ、ただちに私の目に飛び込んでくる。地下聖堂や墓地やピラミッドのなかに隠されているわけではない。気味の悪いミイラではなく、きれいな石だ。象徴ないし文字として、私に伝達され得るものだ。

## レッドマン（インディアン）の記号

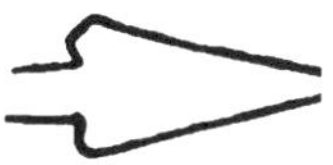

それを確かめるために一歩ずつ近づくにつれて、私は勝手に自称する「タハタワン」や「マンタトゥケット」にインディアンの魂を吹き込まれる。もしタハタワンらに秘書の書記がいれば、とっくに書き取らせているはずだ。どこかの石に彫られている記号ばかりではなく、あちこちに残されている足跡——というより、判読できないような精神的な刻印が重要だ。だが決して、ヴァンダル族（＊14）のように文化を破壊するのではない。乱暴なように見えても、熱心なあまりの行為で、結果的にいくらか壊すことがあり得るかもしれないが。

（『日記』一八五九年三月二十八日）

＊14　五世紀のはじめにゴール族やスペインを征服して、北アフリカにバンダル王国を建てた。破壊や落書きを得意としたため、蛮行のたとえに使われる。

# ムース（オオヘラジカ）狩り

午後二時ごろ、私たちはここで小さな支流に出会った。南から流れて来たパイン・ストリームが右側に姿を現したのだが、幅は三、四ロッド（十五ないし二十メートル）というところ。このあたりで、ムースが生息している証拠を探った。探索したところ、ほんの二、三ロッド（十ないし十五メートル）ほど先の水辺で、彼らの足跡が泥を押し上げていた。かなり新しい。ジョー（ガイドのインディアン）は、ちょっと前に来たばかりだ、と断定した。私たちは、川を斜めに眺められる、東側の小さな牧場に移動した。このあたりにはハンの木が生い茂っていて、身を隠すにはもってこいだ。証拠が新しいと思われるだけに、できるだけ音を立てないよう、いつもより気をつけながらそろそろとカヌーで進んだ。――この上流に適切な場所があれば、キャンプしようという魂胆だ。――ハンの茂みの奥で、小枝を踏みしだく小さな音が聞こえたので、ジョーに注意をうながした。そこで彼は、急いでカヌーを六ロッド（三十メートル）ほど押し戻した。そのとき、二頭のムースが垣間見えた。私たちが先ほど通って来た、開けた牧場の隅に立っている。六、七ロッド（三十メートルないし三十五メートル）ほど離れたところだ。ハンの茂みの隙間から、こちらを見ている。巨大な野ウサギが、おびえている感じだ。長い耳を立て、好奇心が半分、こわさが半分という表情だ。まさに、本物の森の住人だ（私は直ちにしっかりと見直した）。最初に垣間見たときはちらと目にしただけで凝視してはいなかったので、改めてたっぷりと鑑賞した。ムースというのは、木の皮を食べる者という意味なのだそうだ。——毛皮は、手織り地《ホームスパン》ないしヴァモント州産の灰色生地のような色合いだ。私たちのニムロッド（＊15）は逆行して歩いていたため、獲物からは最も離れたところにいる。

**＊15　聖書に出てくるノアの曾孫で、狩りの名人。ここでは、同行していたハンターのこと。**

だが周囲から注意されて急いで立ち上がり、かがんでいる私たちの頭越しに銃を発射した。連発を見舞ったが、彼は動物が何であるかさえ確認していない。音にびっくりしたムースは牧場を走り抜け、北東の高い土手を越えて猛然と逃げた。だがムースの漠然とした姿は、私の心に焼き付いた。それと同時に、もう一頭の若いほう——それでも馬ほどの背丈がある——は、姿を踊らせて川に飛び込んだ。一瞬、立ちすくんでいるようだった。というより、不格好に下がった尻がそう思わせたのかもしれない。そしてふた声三声、鋭い鳴き声を上げた。土手の上でちょっと立ち止まった年取ったほうのムースは、若いムースをちらりと振り返ったものの、またすぐ逃げて行き、定かな印象は残っていない。二回目の連発が若いムースに浴びせられたので、てっきり水のなかに倒れたものと期待された。ところが一瞬ののち、これも立ち上がって丘を駆け上がり、別な方向に逃げて行った。いずれも、わずか数秒間のできごとだった。わがハンターはそれまでムースを見たことがなく、撃ち方も分からなかったのだが、相手はいずれ鹿なのだし、足を水につけて立っていた。だが、二発、撃ったのかどうかさえ定かではない。二頭が逃げた様子から、またハンターがカヌーに立って撃つことに慣れていなかった点も考え合わせて、もう一度ムースに遭遇して成果を上げられる可能性は考えられなかった。ジョーは、母親と一、二歳の子どもだったろうと断言した。母親にべったりとくっついていたから、というのが推定の根拠だ。――だが私が見たところでは、大きさにそれほどの違いがあるようには見えなかった。牧場を越えて堤の下のあたりまでは、ほんの二、三ロッド（十ないし十五メートル）しか離れていない。そのあたりは木々がびっしりと繋っている森ではあるが、びっくりしたことに、ムースがそこに姿を消すと、地面は湿った苔が覆って柔らかいカーペットが敷き詰められた感じなので、まったく足音が聞こえない。私たちがカヌーを下りて地面に降り立つまで、ずっと静寂が支配していた。ジョーが言った。

「みんなでムースを囲むなら、きっと捉えてみせますけどね」

みんな急いで上陸した。ハンターは弾丸《たま》を詰め直した。ジョーはカバの木にカヌーを縛り付け、帽子を脱ぎ捨て、ベルトを締め直し、斧を手にして、歩き始めた。彼が何げなくのちに語ったところによると、私たちが上陸する前に、二、三ロッド離れた堤に、血が点々とついているのを見たのだという。彼は急ぎ足で堤を上がり、森に入って行った。独特の弾むような格好で音も立てない忍び足で、左右の地面に目を配り、傷ついたムースのかすかな足跡を追った。四方はつやのある葉っぱで覆われていたが、そこに点々と血がついているのを、ジョーはときどき無言で指し示した。折られたばかりの乾いたシダの茎も指さした。その間、彼はずっと何かの葉やスプルースガム（*16）を噛み続けていた。

**＊16　トウヒの樹脂で、チューインガムの原料にもなる。**

私は彼について行きながら、ムースの足跡よりも彼の動きを目で追っていた。森のなかを二百メートルもほぼ直線的に進み、倒木をまたいだり立木の周囲をめぐったりしたが、彼はついにムースの行方を見失った。このあたりには、ほかのムースの足跡が無数にあったからだ。すると血痕があった場所までちょっと戻ってみるのだが、すぐにまた方角が分からなくなる。腕のいいハンターでも、これではお手上げだ。彼は子どものほうの足跡も見つけたが、血痕が見当たらなくなり、いち早く追跡をあきらめた。

私はこのインディアンがムースを追いかけている間、彼が寡黙で控えめな男であることを見て取った。彼は興味のありそうなことに気づいても、白人とは違って口には出さない。ただし、時間が経ってからぽつんと言ったりする。小枝を踏みしだくようなかすかな音を私たちが耳にすると彼はすぐさま偵察態勢に入り、軽い足取りでほとんど音も立てずに、茂みのなかで優雅に歩を進めた。一歩ごとに適切な足場を見つけるコツなど、私たち白人にはとても真似できない。

ムースを目撃してから約三十分後、私たちはまたパイン・ストリームを遡るカヌーの旅を再開していた。ほどなく、とても浅くて急流の個所に差しかかった。私たちは荷物を降ろして各自でかつぎ、ジョーがひとりでカヌーを運んだ。ほぼ荷運びが終わったところで、私は植物に目を奪われた。幅が十インチ（二十五センチ）もあるオオバアスターの大きな葉がみごとだったし、大きくて丸い葉を持ったランのタネももぎ取った。そのとき流れのところにいたジョーが、ムースは殺されていたと大声を上げた。母親のほうが死体になって川の浅いところに尻のほうが三分の二ほど浸かっていたのだが、体はまだかなり暖かいという。撃たれてから一時間ほど経っていて、水で膨張していた。百ロッド（五百メートル）ほどいくぶん曲がりながら走って、また川べりにたどり着いたのだろう。ベテランのハンターなら、ここまですぐに追跡できたに違いない……。

……この午後の悲劇に私も加担してしまい、罪のない動物を殺してしまった。冒険の楽しさが損なわれて、滅入ってしまった。私だって、すんでのところでハンターになるところだった。そうしたら、撃ち損じていたかもしれない。私は一年くらい森にこもって釣りや狩りをして自分ひとりくらいの食べものなら自給できて満足できると考えていた。さらに理想を言えば、自分で育てたくだものを食べて哲学者のような暮らしをするような人生に私は魅せられていた。

だがこのムース狩りは、単に動物を殺して満足するに過ぎない。——毛皮が欲しいわけでもない。たいへんな努力をしたわけでもなく、命の危険にさらされたのでもない。まるで夜間に森に近い草原にふらりと出かけて、隣の馬を撃ったようなものだ。これは、神が所有していた馬だ。かわいそうなおどおどした動物で、人間の匂いを嗅いだとたんに素早く逃げた。だがなにしろ、背丈が九フィート（二・七メートル）もある。ジョーの話によると、一、二年前の話だが、何人かのハンターがメイン州のどこかの森に夜の狩猟に出かけ、ムースと間違えて何頭かの雄牛を殺してしまったことがあったという。どのハンターでも、同じようなミスを犯し得る。スポーツだと言い訳をしたところで、単に呼び方を変えただけのことだ。前者の場合、神の飼い馬を殺したばかりか、自分の雄牛まで殺害してしまった。そのようなときには皮をはぐのが常道で、モカシン靴の材料として売ってしまい、尻の肉はステーキにし、残りの巨大な死骸は腐るに任せて異臭が天にまで達し、あなたの評判も落ちる。屠殺場で手を貸すのと、たいして変わりはしない。

（『メインの森』から「チェサンクック湖」の項）

## 野蛮人同士の対決

北米（*17）のように新しい国が発見されたとき、原住民を絶滅させる前にキリスト教徒に改宗させようという試みなどほとんどなされなかった。彼らは、金銭的にもプラスにならなかった。

*17 **原文はNorth America。つまりアメリカ合衆国のこと。**

だがアメリカ大陸を発見した精力的な貿易商人たちは、自らを組織化し、あるいは大同団結して、巨大な「ネズミ捕り社会」を築き上げざるを得なかった。原住民をせいぜい「小動物のハンター」にとどめるよう仕向けると同時にラムの常用者に仕立て、彼らが働ける場所を国土の半分に限定した。いわば、野蛮人同士の対決である。白人のただ一つの相違点は、自らが酋長だった点である。

（『日記』一八五九年四月八日）

## 歴史家とインディアン

インディアンを軽蔑する者が、これまでにも数多くいた。そのような人びとに言わせれば、インディアンは種族全体にわたって技術力が乏しいし、機知にも欠ける。人間的な精神面でも劣る。きわめて野蛮なので、記憶に残す価値もない。彼らを形容することばとしては、「みじめな」「かわいそうな」「情けない」などしかない。この国に住むインディアンの歴史を書く者も、彼らに人間性が欠如していると並べ立てる（人間性などということばを使うとすれば、の話だが）。そのような表現が、海辺や内陸を問わず、全国に蔓延している。だが土着の野生動物でも、私たちにとっては興味が尽きない。ましてアメリカで暮らしてきた人間となれば、さらに関心が募るのが当たり前だ！

　彼らが野蛮人だとしても、私たちと共通している面のほうが、似ていない点よりはるかに多い。彼らは私たち白人がやってくる前からアメリカに住み着いていたのだから、彼らがどのような人びとであり、どんな暮らしをしてきたのかを知りたいと思う。彼らは自然とどのように付き合ってきたのか、芸術や習慣、空想や迷信はどのようなものだったのか。彼らも水面はボートで渡り、歩いて森のなかをさまよった。そして海や森にからむ幻想を育てて、信仰を築いてきた。そうした話は、東洋のおとぎ話と同じように私たちを魅了する。だが野獣を罠で仕掛けて捕獲する猟師、山岳民族、金鉱探しの香具師《やし》より人間性を重視すると自認している歴史家たちも、インディアンを野獣のごとく殺し、彼らには「非人間的な」姿勢を見せる。ペンではなく、銃を振るって。

# 土地を耕す

インディアンにとっては、土地を耕しているとき以外に、平和な時間はない。太平洋に押し落とされない限り、彼は鋤《すき》の柄は手放さず、弓矢や魚採りの銛《もり》、ライフル銃などを放り出すこともない。彼らを救い出すことができるのは、キリスト教だけだ。

（『日記』一八五九年二月三日）


神は、おごそかに彼らに告げる。

「狩猟生活に終止符を打ち、農耕生活に入れ。人類史の第二段階だ。アメリカに住み続けるのであれば、もっと土に深く根ざした暮らしに切り替えよ」

だが白状すると、私はインディアンや狩猟民族に少なからぬ同情を抱いている。彼らは断固とした性格を持っているように思えるし、尊敬に値する。生まれながらにして、狩りをしながら放浪する運命にある。白人のように、たそがれた文明に毒されてはいない。

フランスの宣教師ルジャーン神父は、次のように断言している。

「インディアンは、当時のフランス農民よりインテリだった。インディアンの下で働かせるため、フランスから労働者を送り込むのがよかろう」

現在のニューハンプシャー、マサチューセッツ、ロードアイランド、コネチカット諸州のインディアン人口は、「巡礼者《ピルグリム》たちが上陸する前に襲った疫病以前」でも四万人以下だったと推定される。このあたり（マサチューセッツ州コンコード）では、インディアン人口はもっと稠密《ちゅうみつ》だった。それでも彼らは、欲しいだけの十分な土地は持っていなかった。この地域全体の白人人口は百五十万人あまりだが、面積の三分の二は未開発のままだ。

インディアンは、白人が同意したいくつかの点についても、意思を決めかねているのかもしれない。彼らは決して、低姿勢だとはいえない。だが、食料や暖房が快適な生活には欠かせないことは承知している。だからこそボロボロの毛布を持ち歩いているし、生まれながらの権利を放棄して生活権を保証されるより、父祖の生き方を継承するほうを選ぶ。インディアンが死ぬと、彼らの守護神が、死者の人生に対してしかるべき判定を下すに違いない。インディアンを、戦いで打ち負かすことはできない。絶滅させることもできない。彼らは太平洋を越え、もっと広大で恵まれた猟場を求めて移動するだけだ。

狩猟民族は、農耕民族の侵略には我慢がならない。農民は夜陰に乗じて獣《けもの》の穴を急襲したりして狩猟民を困らせる。狩猟民が頑強に抵抗しようとしても、獣は臆病だから逃げたまま戻ってこない。ライフル銃だけで彼らを亡き者にすることはできないが、農耕という手法が、彼らにとってはもっと恐るべき敵になる。これを少しずつ広げていくことによって、国全体を掌握できる。

チェロキー族が長い年月、同じ場所にとどまっていたのは、彼らが二千九百二十三もの耕地を保有していたためだ。彼らがもっとインディアン的な生活パターンに固執していたなら、ミシシッピ川を越えて強制移住させられずにすんだのではあるまいか。（＊18）

＊18　ジョージア、アラバマ、テネシーなど諸州に暮らしていたチェロキー族は、一八三八年、白人のために故郷を追われ、千二百キロあまりも西のオクラホマ州に徒歩で移住させられた。百日あまりにおよぶ行軍中、四千人ほどが飢えや寒さ、病気のために死んだ。この道程を、「涙の小道」と呼ぶ。

一隣人が狩りをして走り回っていた土地に農民がやって来て耕すのを思いとどまらせようとしても、公平さを欠くと思われる。狩猟地を塀で囲むとか、その地域を徹底的に調査するとか、境界線を明示するなどということは、イギリスの公園でもない限り、きちんとやられた試しがない。これは狩猟民族の占有地ではないし、居住する野生動物の領分でもない。法的に、しっかり保護されているわけでもない。農民は「この夏に鋤《すき》を入れた限り」などという証文を盾に取るが、トウモロコシのタネをそれほど蒔き足したわけでもない。だが毎年タネが勝手に芽を出し、繁るだけの話である。

（『日記』一八三七～四七年）

## 木のてっぺんから振動する沼まで——豊かで変化に富んだ地上のモザイク

ウイリアム・ブルースター（＊1）は『十月の畑』のなかで、鳥によっては好みの枝が決まっていて、さえずるときにはそこに止まる、と書いている。マサチューセッツ州コンコードには低い丘がいくつもあって、曲がりくねりながらゆっくり流れる川（＊2）もある。

平地には雑木林や空き地、畑があり、これらがソローにとっての「さえずり枝」だった。たまたまこの痩せた土地にタネを蒔かれたソローは、芽を出し、のどかな風景のなかにしっかりと根を下ろし、ぐんぐんと幹を成長させ、果実を実らせ、夭折《ようせつ》（＊3）した。彼は精神的に落ち込むことはなく、彼自身の土壌を生まれ故郷コンコードの大地と合致させた。川面にはつねに霧が立ちこめるマスケタキッド（＊4）とソローの気質は、ともにこの地と分かちがたく結びついている。コンコードの牧場を掘り返すと湯気が立ち上るが、これまたなじみの光景だ。ソローは、コンコードの風景を愛していた。彼の根は土壌をしっかりと握っていたし、彼は象徴的な意味で、いみじくもこう言っていた。「私はブーツのなかにも帽子のなかにも、コンコードの土を詰めて歩いている」

レジナルド・ランシング・クック（＊5）

＊1　イギリス生まれだが、ニューイングランド・プリモス植民地の指導者になる。一五六七〜一六四四。
＊2　コンコードでアサベット川とサドベリー川（マスケタキッド川）が合流し、コンコード川という名称に変わる。
＊3　肺結核のため、四十四歳で死去。
＊4　コンコードの旧名で、インディアン時代にはこう呼ばれていた。
＊5　彼の著作『コンコード散歩』（一九四〇年刊）からの引用。

## コンコードに広がる壮大な自然

私たちが歩き回っているこの壮大な自然を、なんと呼ぶべきなのだろうか。多くの農民が、ここに牧草地や山林、果樹園を持っている。このあたりは、石だらけの牧草地が多い。私は、「ボールダー・フィールド（丸石の原）」、「イエローバーチ・スワンプ（キハダカンバ沼）」、「ブラックバーチ・ヒル（レンタカンバの丘）」「ローレル・パスチュア（月桂樹牧場）」「ホッグ・パスチュア（ブタ牧場）」「ホワイトパイン・グローヴ（ストローブ松の森）」「イースターブルックス・プレイス（イースターブルック小川のほとり）」「オールド・ライム・キルン（古い石灰窯）」「ライム・クオリーズ（石灰採取場）」「スプルース・スワンプ（トウヒ沼）」「アーミン・ウィーゼル・ウッズ（イタチの森）」など、勝手な名前を付けて呼んでいる。このほかにも、「オーク・メドウズ（樫牧場）」「シーダー・スワンプ（杉沼）」「キッピーズ・プレイス（キッピーの地所）」などがあり、ブルックス・クラークの北西には、キッピーの古い地所もある。

ポンカウタセットが、南の端に当たる。カエルが住む小さな池がいくつかと、古くからの水車用貯水池（＊1）が一つ、さらに北端にベイトマン家の池がある。

＊1　一九〇六年の地図では、北西部の「バレットの水車用貯水池」と、西端の「ヘイワードの水車用貯水池」の二つが記載されている。

これら全体をひっくるめての呼び名としては、何が最もふさわしいのか。北から中心部へは、カーライル旧街道が走っていて、その両側には野生リンゴの木が目につく。無秩序に林立している実生《みしょう》の天然果樹林で、自然に芽が出たものもあれば、リンゴ酒（シードル）用に果汁をしぼったかすのタネをバラ蒔いて生えてきたのもある。だがリンゴの木はおおむね、カバやマツの大木の蔭に半ば埋もれている。しかしリンゴの天然果樹林はかなりの面積があり、相当数の実をつける。

秋に散策する人びとにとっては、天国である。ハックルベリーは無尽蔵だし、ブルーベリーの群生地もある。このあたりは、「イースターブルックス・カントリー」と呼ぶべきなのだろうか。ヨーロッパであれば、王室の領地にでもなりそうな場所だ。だがここでは農民が所有しており、彼らは肉体労働で暮らしを立てている。景色を堪能している余裕はない。ここには、おびただしいハックルベリーとバーベリーがある。（＊2）

＊2　この二つの「ベリー（野イチゴ）」のうち、「バーベリー（barberry）」は「野蛮な（barbarian,barbaric）」から来ているのかもしれない。バーベリーは「メギ」で、赤く細長い実をつける。このあたりに多いこ

とは事実で、ソローは『ワイルド・フルーツ（野生のくだもの）』のなかで一項を立てて記述している。

人が住んでいない壮大な自然として、もう一つ上げておきたいのがマルボロー・ロードだ。フランシス・ウィーラー家から南西方向に川に向かって延びている旧道で、川を越えてさらに三マイル（四・八キロ）も続き、北のハリントン家から南のデイキン家までで も、一マイル（一・六キロ）あまりある。三番目に特筆すべきのがウォールデンの森、そして四番目がグレート・フィールズだ。この四つは、いずれもコンコードにある。

（『日記』一八五三年六月十日）

## オレゴンに向かって歩く

東側の地平線の彼方に、すばらしい風景や十分な野生があり、自由も満喫できる場所があるとは信じがたい。そちらの方角には、歩いて行きたいと思わない。一方、日が沈む西の地平線に無限に広がる森の彼方に都会はないが、それだけに私が困惑するようなものも何ひとつない。私は今後も、このような環境で暮らしていきたい。一方に都会があり、もう一方は野性的な自然がたっぷりとある場所。そして私はどんどん都会から離れ、原初の世界へ奥深く入って行く。特筆すべきことではなかろうし、これがアメリカ人の趨勢だとも思わない。

だが私はヨーロッパに向かってではなく、オレゴン（＊3）を目指して歩く。

（『ウォーキング』）

＊3　オレゴン街道の終点が、太平洋岸の西端オレゴン州。このエッセーが書かれたのは、オレゴンが一八五九年にアメリカ三十三番目の州に昇格した前後だったと思われる。書物としての『ウォーキング』が最終的に脱稿したのは、一八六二年。

## 私たちの川

水量豊かなこの川に、私は思いを馳せる。単に川幅が広ければいいというものではなく、そのような大河と比べてこの川は、はるかに見た目に美しく、周囲の柔らかく美しい風景とみごとなコントラストを見せている。いたるところに窪みがあるし、いくつもの湖を貫いて流れ下る。——したがって、岸辺はどこもでこぼこだ。——それに伴って、森や草原にも凹凸《おうとつ》ができる。——耕された畑や、森林や牧草地、家屋も、川に影響を受けて思いもかけない位置関係を築き上げる。水の流れに従って、思考も運ばれていく。——そこが、すばらしいところだ。

（『日記』一八五二年四月十六日）

# 遠くの渓谷

ここからかなり離れたランカスター(マサチューセッツ州)で、私は別の友人とともに、ナシュア川の広大な渓谷を渡ったことがある。コンコードにあるいくつかの丘から西の遥かな地平線を眺めても、青い山の稜線の彼方にナシュア渓谷は識別できない。彼我の間には、おびただしい数の流れや牧場、森林、静かな住宅が横たわっている。——だがティングスボロに通じる道に沿った彼方の丘からは、ナシュアの方角がかなりよく眺め渡せる。若くて視力がいい私たちが見れば、ずっと途切れなく森が続いているかのように見える地平線に二本の松が見え、その間にナシュア渓谷が望める。ここの流れは今も昔も底まで曲がりくねっていて、メリマック川の水と入り交じってきた。彼方に湧き出た雲が、はるか西方で牧場の上に浮かび、夕陽を受けて黄金色に輝いている。このような光景は、もう何千回も私たちの前で演出されて夕空を彩ってきた。渓谷は緑の壁で遮られているものの、近づいて行けば次第に姿を現してくる。夏と冬、私たちの目は、ぼんやりした山の稜線に引きつけられる。はるか遠方で輪郭がはっきりしないため、詩人や旅人たちの想像力を刺激する。そしてコンコードの崖に立つ私たちは、自分たちの思いを彼らに話して聞かせるのである。

**(『コンコード川とメリマック川の一週間』から「月曜」の項)**

## 石垣の塀

背の高い古木が繁る森のなかを直線的に貫く、きわめて保存状態のいい石垣をときに見かける。——言うまでもなく、ずいぶん前にこのあたりが畑として耕されていたころの名残である。だれかが営々と積み重ねた小さな石の集合体である壁が、ドングリからこれほどの巨木の樫に成長する間もずっと耐えてきたのを見て、しばし感慨にふける。

（『日記』一八五〇年十一月九日）

## 百万のコンコード

コンコードを最も愛するという点で、私は人後に落ちない。——だが私は、遠方の大海原や原初の野生のなかにも適切な素材がふんだんにあることを発見して心強く思う。それを材料にして百万ものコンコードができるに違いないからだ。このような素材がなくなったら、私は途方に暮れてしまう。ここ以外のコンコードでも、私は安らぐことができると確信しているからだ。

（『日記』一八五〇年七月二十九日）

## 地質学者

最もぼんやりと散策している者でも、地質学がなぜ脚光を浴びるようになってきたのか、その理由が推察できるだろう。内陸の丘や崖は水の作用によって角が丸くなっていて、それがまるで昨日になって完成したかのような印象を与える。怠慢なハイカーはしっかりと見てはいないから、そのときどのようなことを考えていたのか覚えていない。丘のてっぺんには、平らな場所があったり、いまでは牧場になっている場所に海の貝が見つかったりする。――地質学者はこのような状況を忍耐強く子細に研究し――それをもとに理論を構築するのである。

（『日記』一八五一年八月十九日）

## 流れ星

私たちは、大地を抱擁する。――だが、馬乗りになることはめったにない。もう少しひんぱんに、自らを高みに持ち上げてもいいのではないかと思う。せいぜい、木ぐらいは登ろうではないか。私は、木登りの効用を実感したことがある。丘の頂上に、高いストローブ松があった。よじ登ったところかなり揺られたのだが、登った価値は十分にあった。それまで見たこともない山脈を見つけたからだ。――地上も天空も、ふだんより余分に見えた。木を一フィート（三十センチ）も登れば、人生（＊4）にプラスになること請け合いである。だがその反面、そんなことはすべきではない、いう気がしないでもない。

**＊4　原文は threescore years and ten. 七十年は、人の一生を意味する。**

しかし、周囲の状況は克明に把握できた。六月も末に近いころで、頂上の枝の先端部分にだけ松ボックリの形をした小さくて赤い花が咲いていた。ストローブ松のおびただしい数の花が、空に向かって開いていた。私は枝の先端だけを折り取って村に持ち帰り、たまたま道を歩いて来た見知らぬ陪審員たち――ちょうど開廷中の週だった――に見せた。そのほか農民や材木商、木こり、ハンターたちにも見せたが、だれもこのような花は見たことがなかった。みな、空から落ちて来た星くずではないかといぶかった。

（**『ウォーキング』**）

# 山を手元に

私は、東の「沖合い」に山を係留している。起きているときも眠っているときも、私はこの山に登ることを夢見ている。裾野は一つか二つの村にまたがっているが、当の山にはそのような意識はない。村に関しても何も知らないが、私にしても登っているときには関係のない話だ。大まかな輪郭から、ワチュセット山（標高六一〇メートル。マサチューセッツ州）であることは容易に確認できる。私はなんら事実を歪曲《わいきょく》することなく、見たままを描写するだけだ。足が軽く感じられ、熱意がたぎってきたときにのみ、私は想像上の登山をする。この山は、人身御供を捧げた祭壇のように、いつも煙がたなびいている。一つの村だけが強く結びついているのかどうか私は知らないし、村がこの山の存在を認識しているのかどうかも知らない。だが私は、馬の代わりにこの山にまたがる。

（H・G・O・ブレイクへ（＊5）の手紙、一八五七年十一月十六日）

＊5　前出。マサチューセッツ州中央部の都市ウースターに住むソローの友人で牧師。

## 小川

ソウミル・ブルックという小川の堤にしばし腰を降ろして、岩の間に沈む太陽を眺めた。――川はだれもが楽しめるほど大きい必要はないし、砂地や大きなカーブや滝、そのほか川に付帯するものすべてが必須というわけでもない。風景の美しさや調和は、規模の大きさとはそれほど大きな相関関係はない。

（『日記』一八五二年四月一日）

## 景観に見とれることなく

特定の地域で動植物を調べるでもなく、周辺の風景をぼんやり眺めていることにも、それなりの利点はあるのかもしれない。木陰で視界が遮られているわけでもなく、かなり広範囲を歩いている割には空さえ見ていないことがあるが、それもまったくダメだとはいえない。詩人と自然観察者《ナチュラリスト》が並んで歩いていても、詩人は長いこと空中を飛翔している。――屋外にいるとして、外側のドアが開いていても内側のドアが閉まっていたらどうなるか。ときには、些事《さじ》にこだわらず、好奇心も忘れ、頭を空虚にして歩くことが必要かもしれない。――かがみ込んで、ものを観察することもやらない。たまにはまる一日、空気のインスピレーションだけを感じるにとどめ、無為に過ごすのも悪くないのではあるまいか。

（『日記』一八五一年八月二十一日）

## 月光の下での執筆

満月ではない。これから、デポット・フィールドの上空を渡って行く。西の空にかかる上弦の月は、サフラン色（あざやかな黄色）からサーモンピンク、あるいはやや茶色みを帯びた色に変わりつつある。草は、露で濡れている。宵の明星（金星）は光り始めたが、ほかの星はまだ見えない。風は、凪《な》いでいる。黄昏《たそがれ》のなか、一羽のアメリカヨタカ（夜鷹）が、地面をかすめるように飛ぶ姿が見えた。カブトムシが一匹、かすかな羽音を立てて飛んで行った。牧場では、すでにホタルの青白い光が点滅している。小川のほとりにある柵を乗り越えるとき、あやうく草むらに倒れ込みそうになって地面に手をついた。カラスムギ畑の脇のハッパーズトンを通り抜けるときに、片足を濡らした。遠くの川のほうで、何かが燃える臭いがした。二日前に、煙が立っていた場所だ。

月はウロコ雲からなかなか脱出できずに、苦労している。私は、月に加勢しているのだが。食用ガエルは、どうしてまだ鳴き出さないのか。カエルどもは、これほど早い時間には、あるいは初日ほどにはゲコゲコやらないのだろうか。別の場所で、またヨタカが啼《な》いた。白い花——クローバー（シロツメクサ）やデイジーなど——だけが、夜目にも確認できる。夜はいつも、このように静かだ。昼間は大砲の弾丸《たま》の空気摩擦音を思わせる強風が吹いていたが、夜のとばりが降りるとともに止んだ。いまでは、はるか西のほうで吹きつのっているようだ。空が黒ずんで見えるので、それと分かる。私はハバードの森の脇を通っているのだが、森は静まり返ってなんの動きも音もない。樹木は、空に向かって伸びた巨大なスクリーンのようだ。遠くの村からは、人間が友として選んだ犬の吠え声とか、荷車のきしみ音が聞こえる。土曜の夜なので、村人たちが町に買い出しに出かけるのだろう。犬は飼い慣らされたオオカミであり、村人たちはたしなめられた野蛮人である。

近くでは、コオロギが鳴いている。次から次へと鳴き継いでいって、止むことがない。耳もとで、蚊の羽音がする。コガネムシの羽音は、村からの雑音を消してしまうくらい大きい。世間は、なかなか広いものだ。月はやっとウロコ雲の蔭から姿を現し、さまよっている私にとっては好都合になった。人間は、月光の下でも昼間と同じ考えを記すことができるものだろうか。私は書斎で太陽光の下でやるように、ちょっと離れたジャガイモ畑の柵に手帳を置いた。光は、うすぼんやりしている。鉛筆を動かすと、クリーム状の不思議な膜を通して書いている感じがする。月光は豊かで、何かクリームに似た不透明感がある。それに対して、太陽光はスキムミルクのように薄くてブルーだ。太陽光と比べると、月光の存在はそれほど意識しない。私の本能のほうが、大きな影響力を持っている。パイプたばこをたしなむ人が匂いを楽しむように、私は何かが燃えているような匂いが好きだ。新しい田園風景が人びとを招いてくれているのではないか、という気がする。最初の入植者たちが、地中の泥炭《ピート》を燃やしたときのように心弾む。農民たちは、雨を呼ぶために牧場の草地を燃やしたものだった。

（『日記』一八五三年六月十八日）

# 楽しい変化

この川ほどすばらしい絵になりそうな光景が、ほかにあるだろうか。この風景を、間近にあるコナンタムの崖のところから追いかけてみよう。まずなだらかに光り輝く牧場が川の西側にあり、牧草が刈り取られた跡もあざやかだ。——あちこちに立つ野生リンゴの木々が、濃い影を落としている。空気が澄んでいるために、インクのように黒い影がくっきりと浮かび上がる。光が強く——そのなかで、一頭の牛が絶え間なく動き、鳴いている。青い川は、空の色と比べるといくらか濃いかもしれないが、ほとんど区別がつかない。さざ波は、風の具合によって、南のほうに漂うように見えたり、風上に流れて行く感じになったりする。柳やボタンブッシュ（＊6）が生えている岸に向かって、水が流れているような錯覚を覚える。

**＊6　アメリカヤマタマガサ。アカネ科の低木で、球状の花が咲く。**

その向こう側には狭い牧場があり、草がたなびいて光と影がゆれ動く。今年はなぜか、草が刈られていない。冬には強風が吹くし、いまは乾燥しているため、葉の先は南の方角にうなだれて助けを求めているかのようだ。——そこから丘は六十フィート（十八メートル）ほど立ち上がり、台地の上には樫の若木が密生している。カエデの葉はさまざまな色に染まっていて、いずれも明るい色で生き生きとしている。――どの灌木の茂みも、てっぺんは羽の帽子をかぶった感じになっている。さらに遠くにある、森に覆われた崖は高さが二百フィート(六十メートル)もあり、あちこちに灰色の岩が露出している。斜面には、果樹園がある。崖の右側に当たる地平線には、リンカーン・ヒルが望める。風景の色彩は豊かで――空気は清浄で完璧な絵画になっている。――地表はみごとに変化に富んでいて、人間が暮らすには滅多にないほどの理想郷だといえる。

(『日記』一八五一年九月二十四日)

## 広い国土

わがアメリカは、広大で豊かだ。――ボストンから二十マイル(三十二キロ)圏にあるここ(マサチューセッツ州コンコード)で森の開けた場所に立つと、樫の若木の茂みの彼方一マイル(一・六キロ)あたりに松の倒木が何本も見え、家は一軒もなく、道路や畑などもいっさい見えない。

(『日記』一八五一年十二月二十日)

# 丘からの眺め

丘を三分の二ほど上がったところの眺望が最もいい、ということが多い。——このあたりから麓に近い畑や納屋などを眺め下ろすと、高い場所にいる利点が実感できる。——そして、下界から斜面が弧を描いて足元までせり上がってきていることも体感的に分かる。——頂上からだと、このようには見えない。——単に遠方まで見える、というに過ぎない。——風景が途切れて、最も興味深い部分が隠されてしまうこともよくある。

（『日記』一八五二年四月二日）

# 嵐のなかの丸石群

小川の向こう側にある草原には、野生のハックルベリー（バーベリー）が地面を這っている。そのあたりに、かなり大きくて丸い石が六個ほど鎮座している。いずれも緑がかった灰色の苔がむしていて、スレート瓦のような色彩で微妙な変化を見せている。それらがいま、嵐のなかで眠っている。——まるで、巨人の抜け殻が横たわっているかのように静かなたたずまいだ。——彼らの家畜らしきものも、周辺に散在している。高みから見下ろすと、牛たちの背中のように見える。これらの岩石群も、なんらかの個性や原始的な生命を持っているかのごとく思える。

（『日記』一八五二年四月二十一日）

## 霧のなかに浮かぶ島のごとく

岩の間から眺めると、南西方向にある広大なサドベリーの牧場は完璧な霧の海だ。——この崖の下から始まって、ウェイランドの南にあるいくつもの丘を包み、さらにフラミンガムまで続いている。——そのなかで、高い丘のてっぺんだけが、島のように突き出ている。——海には何マイルにも及ぶ大きな湾がいくつもあるので、大艦隊でも十分に収容できる。——ここには、数えきれないほど多くの畑や農家も沈んでいる。川や森のなかにある湖の上空は霧が高くまで覆っているので、どこにホワイト・ポンド（＊7）があり、どこにその他の湖があるのか、自らの足で歩いた十ないし十二マイル（十六〜十九キロ）四方であればその所在がすぐに分かる。西から南西にかけて流れるアサベット川の水路も、同様に認識できる。

＊7　原文は小文字で書いてあるが、コンコードの南西に固有名詞として存在する。次のアサベット川も同様。

あらゆる谷間に、濃い霧がどんどんと降りてくる。——巨大な水平水準器が置かれているようで、一目瞭然だ。

（『日記』一八五二年七月二十五日）



## ライ麦畑のパッチワーク

冬のライ麦畑は周囲に比べて緑色が目立ち、風景に色彩の変化をもたらしてくれる。——森を出てバレット（＊8）に向かって歩いていくと、柔らかな陽光が赤茶けた風景をくるんでいる。なめらかな草地や牧場が、気持ちを柔らげてくれる。——十一月の太陽が、早くも没しようとしている。

（『日記』一八五二年十一月二十九日）

**＊8　コンコードの北東方向。バレット湖や、水車用の貯水池がある。**

## 壊れかかった塀

単に個人の所有地を区分するための塀を除いて、歩行者は散歩の途中で越えなければならない塀の存在理由に思いをめぐらせるものだ。――この塀は丘の周囲を曲がりくねりながら囲んでいて、平らで耕作が可能な頂上と、放牧か植林にしか使えそうにない斜面とを分離している。さらに下のほうを経めぐっている塀は、放牧・植林用地と、緑豊かな草地やジャガイモ畑を区分している。このようにゆがんで壊れかかった塀でも、根拠がないとはいえないし、法的な意味もあるのだろう。

（『日記』一八五二年七月十二日）

## 細部にこだわる

このような季節（夏）には、壮大な風景は似つかわしくないのではないか――春と比べて――と私は思っている。むしろ、細部にこだわったほうがいいのではあるまいか。――（春先に）牧場が（雪解けのために）水びたしになるころ、私ははるか遠くを見はるかす。――遠方の森や丘の稜線は、くっきりと浮き彫りにされている。この時期の広大な水や風景については、くだくだ説明するまでもあるまい。――バラエティに富みすぎていて、いささか戸惑うことさえあるかもしれない。細部に目が届きにくいせいかもしれないが、壮大な風景には奥行きが乏しい。

（『日記』一八五二年七月二日）

# 牧場と小川

アサベット川に架かるダービー橋のやや上《かみ》に、牧場がある。——広さは一エーカー（四千四十七平方メートル）ほどで、一方は川に接し、もう一方はハンの木が繁った丘に連なっている。——冬には、完全に氷の丘に化してしまう。——墓地の土盛りのように、規則正しいでこぼこが出現する。やがて縁は丸くなり、半球およびそれらを結ぶ道は短くてしっかりした芝生で覆われるようになる。——あちこちに、ハードハック（＊9）が顔を出し、すばらしい光景が展開する。とくに、これが群生するニレの木陰になる根元が華やかだ。

**＊9　バラ科シモツケ属の低木で、ピンクで穂の形をした花をつける。**

この花は牧場と完全に一体化し、一フィートから十フィート（三十センチから三メートル）もの長さにわたってこんもりと盛り上がる。突堤のように平らな個所もあれば、刀のように突き出た場所もある。——私としては、「小妖精のお墓」と呼びたい気がする。勢いのいい牧草に恵まれた牧場で、歩いても快適だ。沼沢地の樹林地帯のおかげで、この丘の風格は上がっている。原住民たちがここを埋葬地にしていた、という説もある。彼らの祖先の遺骨が出てくる可能性もある。私は、流れの両岸に刻まれた自然史に思いを馳せるのが好きだ。——たとえば、大増水や極寒の霜の跡も残されている。——流れは、体験した歴史をすべて忠実に記録している。──どのような民族がこの堤の周辺に定住したとしても、流れはこの自然の墓場が関わる物語をひそひそと語り続けるに違いない。──そして、過去の死者たちの碑文を絶えず更新し続けるのを手助けするに違いない。

（『日記』一八五二年七月五日）

## 川のマジック

今日の午後になって改めて思い至ったのだが、川はまことに不可思議な存在だ。──この地球上の畑や牧場などを突っ切り、大量の物質を絶えず運んでいる。──高いところから急流になって下り降り、人家やエジプトのピラミッドの脇を通り、動きを止めない巨大な貯水槽に流れ込む。ミシシッピやアマゾンなど大河の水源に住む人たちは、当然ながら川の水の行方に関心を寄せていることだろう。

（『日記』一八三八年九月五日）

## 自然はあらゆるところで呼吸している

私たちの地球は、東西南北いずれの方角を見ても丘や緑の渓谷、平原などが広がっている。――人間は宇宙のことなど考慮に入れず、適度の期間をおいて都合のいい場所に定着してきた。――人間がどれほど建物を作っても、渓谷を掘っても、いくらか風景に変化がもたらされるくらいで、自然の大勢には影響がない。だが壮大な自然は、あらゆるところで呼吸している。今日は絶え間なく風が吹いていて、霧や靄が発生している暇がない。それでもカラスたちは、鳴き声を上げながら丘から丘へと飛び移っている。軟弱な行商人や金属細工人には、とても真似ができない。――そしてすべての沼で蚊が羽音を立てていて、工業の騒音をかき消してしまう。

（一八四二年の『日記』に再録された講演筆記）

## ケチくさい塀

いま自室の窓から外を眺めていて思うのだが、人間はやたらに仕切りを作りたがり、自分の領地に杭を打って区分したがる。いたるところに林立するこのようにケチな塀を見て、神はさぞ苦笑していることだろう。

（『日記』一八四二年二月二十日）

## 鏡を通して

私は近所に出かけ、今夜は月のゆっくりした動きを水面の鏡を通して見つめた。――その間、カエルたちがあちこちで私の様子をうかがっていた。明かりのともったどこか遠くの酒場《サルーン》から、アコーディオンの音が聞こえる。月は、人間の精神のなかで漂っているに違いない。――そして、世界のドラマにおける遠景でもある。神が与えてくれた、広大な舞台の一部だ。したがって、私たちの行動もこの場面にふさわしいものでなければならない。

(『日記』一八四一年六月二日)

## 湖について

湖というものは、自然の懐に抱かれた鏡である。この世で隠すべきものは何一つないという感じで、すべてを映し出す。森のなかの悪事は、すべてここで洗い流される。森は、湖を引き立てる円形劇場だ。この広大な舞台で、湖は自然の思いやりを示してくれる。これは地球の、液体の形を取った目である。――時刻によって、青かったり灰色がかっていたり、あるいは黒かったりする。夜間には、四十フィート(十二メートル)もある反射鏡の役目を果たしてくれる。湖は、森の道しるべでもある。木々の間の小径をたどって行くと、湖に至る。鳥たちはそちらの方角に飛んで行くし、けものも同じ方向に走っていく。地面は、湖に向かって下がっていく。湖は自然が憩うサルーンであり、静かにすわるトイレでもある。毎朝、太陽が湖の表面を蒸発させて浄化する。したがって、湖面はつねに新鮮さを保つ。私は、自然の静かな摂理と秩序に思い至って感嘆する。森の汚濁や冬の間にたまった不純物はいつのまにか洗い流され、春にはまた澄んだ水をたたえるようになっているからだ。

（『日記』一八四〇年十二月二日）

## 沼のかたわらで

奥まった場所にひっそりと静まり返っている沼のほとりで夏の一日を過ごすのは、かなり贅沢なことではあるまいか。シダのかぐわしい匂いを嗅ぎ、風に運ばれてくるコケモモの香りを楽しみ、大気を遊泳するブヨや蚊にまとわりつかれながら。

クセノフォン（＊10）など古代ギリシャの著作を読んでいるうちに、一日が過ぎる。

**＊10　古代ギリシャの軍人・著作家。（前四三〇ころ～前三五四ころ）**

この体験は、枯れたクランベリーの蔓《つる》に囲まれ、苔が生えて塩のふいたベッドで寝起きしている冴えない生活とは比べものにならない。なにしろ十二時間にもわたって、ヒョウガエル（*11）とむつまじく会話しているのだから。

**＊11　北米に多い、アカガエルの種類。背中に白く縁取られた黒斑が散らばる。**

ハンの木やハナミズキの後ろ側から、太陽が昇る。そしてふわふわと真上まで移動し――やがて西方の樹林の後ろに没する。一千もの緑のチャペルから飛び出して来る蚊の大群の合唱がうなるし――アオサギが隠れ家から飛び出てくる羽音は、日没時の銃のごとくすさまじい。

（『日記』一八四〇年七月十六日）

# 称賛すべき仕切り

日の出の時間帯には東の都会がそびえて見えるし、日没時には西の森が浮かび上がる。――森はどの場所でも地平線を抱き込んでいて、風景のなかで称賛すべき仕切りの役割を果たす。――

（『日記』一八四〇年十二月三十日）

## ラトランド（＊12）へ向かって歩く

＊12　コンコードの西、マサチューセッツ州ウースターにある町。

そのときの、アスネバムスキットまでの道中はよく覚えている。日曜に散策するにはもってこいの場所で、まさに神が住まうところ、という感がある。だれもが頭に浮かべる古代の寺院は、「屋根もない広場」だった。周囲の壁は、外界を遮断して心を天に集中させるための工夫だった。だが現在の集会所は、天を遮断して人びとをできるだけ詰め込むものになっている。最善のものはおそらく、山頂などにあって周囲を囲まれ、自分自身も精神的に高揚し、霊気《エテール》に包まれている環境だろう。群生するヒメコウジ（＊13）は、露で濡れていた。

＊13　アカネ科ツルアリドオシ属の蔓性の草。いい香りの白い花と赤い実をつける。

その光景は、私が最後に聞いた説教よりも強い印象になって残っている。私としては、聖地エルサレムに向かうより、ラトランドに向かって進み続けたい。このラトランドは新しい町だし、ｒｕｔは「日常的で退屈」という意味なので、別に神聖な場所ではない。崇《あが》めるべき聖遺物があるわけではなく、俗っぽい緑の畑と埃っぽい道があるだけだ。——だが、いかようにも極限まで聖なる生活を送ることができる場所だ。——ここに聖なるものがあるとすれば、それは土地に密着したものではなく、あなたのなかに存在するものだからだ。

（H・G・O・ブレイクへの手紙。一八五二年七月二十一日）

## 地上はすべて庭園

太陽が畑も平原も森もまんべんなく照らしていることを、私たちは忘れがちだ。いずれも同じように太陽光を反射したり吸収したりしているのだが、畑は太陽が日常的に面倒をみている対象のごく一部に過ぎない。太陽にとって、地球の表面はいずこも庭園のように手入れされているのである。したがって私たちは、しかるべき信頼と感謝の念をもって、太陽の光と熱を等しく享受すべきである。

（『森の生活』から「豆畑」の項）

## 地球への畏敬の念

一般の人が空を眺め上げるとき、別に蔑《さげす》みの感情は持っていない。ただ、地球よりも軽んじているだけだ。尊敬の念を込めて「天上」と呼ぶが、深く考える人たちは、「大地」には天上の神が住んでいることを認識し、地球にも同じく畏敬の念を示す。

（『コンコード川とメリマック川の一週間』から「金曜」の項）

## 風景を愛でながら歩む高貴な道

フラッグ・ヒルは、コンコードから八マイル（十二・八キロ）ほど離れている。――私たちはこれより遠方まで行き、戻ってきた。これほど高貴に思われる道が、ほかにあるだろうか。――たとえば、（西の）ボックスボローまで列車で行ったとして、それからどうするか。馬車に乗って進むうちに、埃を浴びながら歩いているグループをいくつか追い越すかもしれない。両側に塀がある道を通るうちに、いくつもの農家の裏庭を通り過ぎるかもしれない。――亀が住んでいる場所を確認し、リンゴ（＊14）を詰めた樽を眺め、ホワイトの酒場で馬にまぐさをやる。両手には脂ぎった皮の匂いが付着し、馬の毛がこびり付く。――そして馬車のきしみ音が、耳に残る。

**＊14　ソローが好きな野生のクラブアップル。酸っぱいので、食用でなくシードル（リンゴ酒）にして飲む。**

別にもの珍しい花にお目にかかれるわけでもなければ、貴重な体験が得られるわけでもない。——だがボックスボローまで列車で行けるようになるまでは、この道をたどってもっと先まで歩き、ニューハンプシャー州にあるいくつもの丘にも登ったものだ。丘から丘へ、沼や渓谷を渡って高貴な道を歩き——政治などには煩わされず、境界区分のことなども忘れ、頭のなかではるか西まで足を延ばす。——これは一日がかりの旅であり、人生の縮図でもある。

（『日記』一八五二年六月十九日）

## 風景を見る喜び

健康的で洗練された精神の持ち主であれば、つねに風景から喜びを得られるはずだ。

（『日記』一八五二年六月二十七日）

## これ以上はない美の世界

現在より美しい世界は、おそらく期待できない。——このうえもなく清らかな空気と、柔らかな新緑。これより緑の濃い景色には、お目にかかれないに違いない。逆光で見たときのほうが、いっそう美しい（フェア・ヘイヴン［＊15］の果樹園はとくに顕著だ）。

＊15　コンコードの南部。

私は緑の斜面に腰を下ろし、柔らかい若葉が繁り始めたリンゴの木々を通して下方を望む。木の葉がくれに、泡立つ奔流が見えることもある。さらにその向こうに、ときに青空も望める。

二番目に、下方の堤や丘を背景に、流れが見え隠れする。――川はまだ高い場所を流れていて、美しくきらめく。光っていない個所は、灰色がかったブルーだ。――表面の、規則正しいさざ波も確認できる。――大気が澄んでいる（五月の嵐のせいか？）ため、波頭の輝きまで目に入る。

三番目に、川の向こうでは、森の緑と牧場や丘の斜面の黄色みを帯びたベルベットのような明るい若草が、パッチワーク模様を作っている。まるで、毛足の短いマントを広げたかのようだ。――すぐ近くから太陽が差しているかのごとく、明るく輝いている。このように広大なグリーンの絨毯《じゅうたん》は、火が地上から燃えさかるように、春の若草が刃《やいば》のように立ち上がっていて、私の心を掻き立てた。地球は、皮膚に至るまで生きていることが実証された。丘のてっぺんは不毛で茶色くなっているが、ふけがたまっているわけではない。

四番目に目につくのは、森のなかで松の濃い緑がみごとなコントラストを生んでいる点だ。近くに直立する松の黒ずんだ幹は、先細りにとがっている。――一定の間隔で枝を四方に伸ばし、松葉の先端は銀色に光っている。松もほかの樹木と同じく、生気はつらつとしている。――だが芽吹き具合は、まだそれほど顕著ではない。――雨と空気によって、洗い流されてしまったかのようだ。――松も落葉樹と同じく、黄色みを帯びた明るい若草色の葉を芽生えさせつつある。――このように柔らかい葉が、この時期（五月）の風景を明るくて生命の躍動感に満ちたものにしている。今週あたりは、落葉樹が若葉を広げて色彩を大きく変化させる。樫にも色合いの微妙な差があるし、カバの木やアスペン（ポプラ）、ヒッコリー（クルミ）などの葉も黄緑だ。木の上のほうに残っているカエデの実は、赤や深紅で彩られている（花はすでに終わった）。花束のなかで、キイチゴのようなあでやかさを見せる。

五番目に、ここからナシュアにかけては草原が続き、ところどころに松や森が点在する。以前は、ずっと森が続いているものとばかり思っていた。最後の六番目に付け加えておきたい光景は、北の遠方に青みがかった霧にいくぶん霞んでたたずむワチュセット山（標高六一〇メートル、マサチューセッツ州）の姿だ。――そちらに向かって、標高は少しずつ上がっている感じだ。――そして手前の草地は、遠くの山に至るまで草原のパッチワークを形作っている。

（『日記』一八五二年五月十八日）

## 集められた花びらのごとく

鉄道線路の下に白砂を積み重ねる巧みさ――砂を、レンガに変えてしまったかのようだ。――この偉大な地球も微妙に層が重ねられていて、まるでご婦人のテーブルに丹念に集めて重石《おもし》で重ねた花びらのようだ。――歴史も、このように積み重ねられていく！　地球がこのようにゆっくりと微妙に形成されていく過程に、私は感嘆する。

（『日記』一八五二年十月十二日）

## 地面の大きな割れ目

完全に氷結しているメリマック川のほとりをいくらか歩き、この川を船で行き来したときのことを懐かしく思い出した。昨晩はアムハースト（＊16）にいて、地割れの大きな振動で目覚めた。まるで火薬工場が爆発でもしたかのような轟音がして、家屋が大きく揺さぶられた。夜が明けてから見ると、目の前の道路に長い亀裂が入っていた。

＊16　マサチューセッツ州の西部。

このような状況は、ここナシュアでも何か所かで見られる。不気味な口を開けているが、亀裂はせいぜい五インチ（十二・五センチ）くらいだ。このような現象は、きわめて寒い夜にしか起きない。ナシュアで見たのはペペレルの滝が端まで、ある地点ではもっと上流まで凍りついたときのことだった。

（『日記』一八五六年十二月十八日）

# 野生と人間の精神

ソローの著作のなかで、現在『ウォーキング』は割によく知られている。二十世紀のアメリカでは自然の保護が大きな話題になり、この本はその面での教科書的な存在だとみなされるようになったからである。だがソローにしてみれば、野生にしてもウォーキングにしても、特別視するほどのものではなかった。再生《リクリエイション》は重要だが、余暇《レクリエーション》の対象ではなかった。積極的に追求すべき目標は、生活の質を特定の面で向上させるものだった。散策の達人になるためには、特定のルートを歩く必要はなく、散策の精神こそが大切なのである。……野生に関しても同様で、実際の荒野よりも、日常生活における野生との相互依存のバランスを認識する心構えのほうが重きをなす。……野生とは、人生の根元に本質的に関わってくる本能だともいえる。したがって、野生は自然と人間の意識が分かちがたく結びついていた時代と状況に引き戻してくれる。その当時、自然は物質的な知識や力を得るために学習して会得するものではなかったのである。

ロバート・サトルマイヤー（＊1）

＊1　『ウォールデン――森の生活を再構築する』（一九九〇年）など、ソローに関する著作が二冊ある。

## うわの空

体は森のなかに一マイルほど侵入したが心はおきざりにしたことに気づいたときには、いささか警戒を要する。私は社会的な義務という早朝の任務なら、喜んで放棄する。だがときには、簡単に村に背けない場合も起こる。――調査など、やらなければならない仕事のことが頭をよぎることもある。したがって、「心ここにあらず」という状況になる。いわば、「うわの空」だ。だが歩き続けているうちに、鳥や獣《けもの》と同じく、精神が肉体に戻ってくる。森のなかにいながら、森以外のことを考えたところで、なんの役にもたたないだろう。

（『日記』一八五〇年十一月二十五日）

## 世俗のことなど忘れて

一日のうち少なくとも四時間――たいていはそれ以上の時間――は、世俗的な束縛を離れて丘の上の森や原野を散策していないと、私は肉体的にも精神的にも健全な状態を保つことができそうにない。考えをめぐらすことに一文の価値もないと思うか、それともカネには代えられない貴重なものと考えるか、の違いだ。修理工や店主が日がな一日、足を組んだまま無為に店番をしている姿をときに想像してしまう。まるで足は上に体を置くためのものであって、立ったり歩いたりするものではない、といわんばかりだ。――このような人たちは、とっくに自殺してしまったと言っても過言ではないだろう。

（『ウォーキング』）

## 人類の強壮剤

私が「西部」というとき、その語感には「野生」という意味がたっぷりと込められている。さらに「野生」には、「世界を救うもの」という含蓄もある。あらゆる木は、野生を求めて組織を延ばしていく。都会では、高いカネを出して木を求める。人びとは土地を耕して木を育て、あるいは外国まで足を運んで入手しようとする。森や野生のなかから人類は強壮剤を得、自分たちを守ってくれるものを手に入れる。

（『ウォーキング』）

## 私に野人を与えよ

端的に言えば、いいものには必ず野生味があり、自由さがある。音楽でいえば、器楽曲でも人間の声でも、緊張感が伴う。――たとえば、夏の夜であれば軍隊ラッパがふさわしい。

ただしあまりにも野性味が強いため、皮肉などが入り込む余地がない。私など、原始林で雄叫びを上げる野獣を連想してしまう。あまりにも野性的で、私の理解を超えている。友人や隣人には、飼い慣らされた者より野人が欲しい。だが粗野な野性味だと、かすかな恐ろしさが感じられるだけで、そのような資質を持っている男性は、女性からも歓待される。

『ウォーキング』

## 本能の根元

私はたとえ家畜であっても、その生存権を認めてやりたい。——彼らは、まだ失っていない野生時代の野性的な習慣や活力の片鱗を見せることがある。こんなことがあった。近隣のバッファローが一頭、早春のある日、牧場から脱走し、無謀にも川を泳ぎ渡ろうとした。冷たい雪解け水が濁って渦巻く川幅は二十五ロッドから三十ロッド（百二十五ないし百五十メートル）もあり、巻き込まれて溺れた。バッファローが渡ろうとしていたのは、ミシシッピ川だった。この一件は、動物の群れにある種の尊厳さを与えると私には思える。——いや、もともと尊厳さを持っているのだが。牛馬など家畜の厚い毛皮の下には、本能の根元が隠されている。それは、地中深く永遠に埋もれているタネと同じことだ。

『ウォーキング』

## 野蛮に吠え立てる母親

私たちには、巨大で獰猛《どうもう》な、吠え立てる母親がいる。母なる自然だ。どこにも横たわっていて、きわめて美しい。ヒョウのように、子どもたちにも優しく愛情を示す。だが、幼児は胸から引き離されて強制的に離乳させられ、社会に放り出される。この社会で、人びとはもっぱら相互に関わり合うよう仕向けられる。――同じ階層で近親結婚をして高貴な子孫をもうけるが、文化はスピード制限にブチ当たるだけである。

（『ウォーキング』）

## 自然に惹かれる

ほぼすべての人間が社会に魅力を感じて引き込まれていくが、ごく少数ながら自然に強く魅せられる者もいる。人間はさまざまな技術は知ってはいるものの、自然との関わりという面では動物より劣っているように思える。自然と動物の関係はおおむね美しいが、自然と人間の関係はそのようなわけにいかない場合が多い。風景の美しさに感謝する者が、いかにも少ない。古代ギリシャ人たちが、世界を「美」とか「秩序」と呼んでいたことを思い起こす必要がある。だがなぜそのような呼び名が生まれたのかについて、詳しいことは分からない。だがそのように表現していたことは事実で、それは尊敬に値する。

（『ウォーキング』）

## 一歳のカラス

気分が落ち込んでいるとき、日曜日の森の小径とか、喪に服している場合などの恐ろしいほどの静寂を破るのは、遠くあるいは近くで鳴く若いカラスの声だ。そんなとき、私は自らに語りかける。「とにかく、自分はひとりぼっちじゃないいな」。――そしてにわかに、われに返るのである。

（『ウォーキング』）

## どちらも尊敬する

私は自分のなかに高いものを求める本能――いわば精神生活を希求する資質が潜んでいることに気づいたし、いまでも新たな発見を続けている。これは、多くの人に共通したものだろう。だがもう一方で、原始的で野蛮なものにも惹かれる。私は、どちらも大切にしたい。

（『森の生活』から、「高貴な定め」の項）

## 生きている地球（*2）

私が踏み締めている地球は、死んで動かない塊ではない。体も精神も持った有機体であり、精神に呼応して流動する。――そして、その精神の分子が、私にも入っている。

（『日記』一八五一年十二月三十一日）

*2　**「地球は一つの生命体である」というジェームズ・ラブロック（一九一九〜）の「ガイア仮説」も、この延長線上にある。**

## フクロウ

世の中にフクロウがいるのは、まことに結構なことだ。この鳥は、思考が十分に展開できずに満足できない、私のわびしい薄暮を代表する存在である。人間のために、フクロウには間が抜けて狂気じみた鳴き声を出させよう。

（『日記』一八五一年十一月十八日）

## 崇拝に値する山々

丘の上からコンコード周辺の山を眺めたくて、フリンツ湖（＊3）の近くに行く。

＊3　コンコードの南東部にある。別名サンディー湖。

近隣にある場所のなかで、私はここが冬の時期には眺望に最適だと思っている。一日に一度、地平線に山々を眺めるのは価値あることだ。私はこのようにして地球の一部を眺めながら、気宇壮大な宇宙的思考に思いをめぐらせる。——青空を通して見た地球は、薄いベールをかぶっている。地球の突出した部分は、天然の教会堂のように思える。——それを眺めていると、こちらの気持ちも自然に高揚して洗い清められる。私は、宇宙から、あるいはもっと厚い空気の層を通して地球を見たいと思っている。——空気の膜ほど優れた塗料はないからだ。空気を通してみた山々は神々しくて、思わず崇拝したくなる。

（『日記』一八五一年九月十二日）



## 感性への栄養分

人間は、すぐれた風景を感性の養分として取り入れるべきである。

（『日記』一八五一年九月十二日）

# わが愛《いと》しの自然

拝啓、愛しの自然さま――ちょっとの間、忘れていましたが、松林のことを思い出しました。飢えた者がパンくずまで拾って大切に食べるように、私もなつかしさで気がはやるのを押さえながら、急いで駆けつけました。

私はこの二十日から三十日の間、調査に没頭していました。（＊4）――その間、粗末な暮らしをしていました。――食べものに関しても。この仕事には、それがふさわしいと思えるからです。

**＊4　ソローは収入を得るために土地の測量技師もやっていたので、そのことかと思われる。**

まったく、取るに足らない生活でした。今夜は久しぶりに部屋で火をおこし、自分らしい生活に戻ろうと努力しているところです。私は、宇宙を支配している力に、自分を結びつけたいものと願っていました。――深い思考に身を捧げ、深い流れに体ごと投じる生活にあこがれていました。――都会を離れ、どこかひっそりとした場所にある豊かな牧場で曲がりな

りにも暮らすことです。（＊5）

**＊5　ソローはすでに、一八四五年から二年間、ウォールデンの小屋で一人暮らしを体験している。**

もう一度、やってみたいと思っています。――自分の内面を見つめ、聖なる環境に身を置けるからです。――明快な思考にたどり着けるよう、青々とした土手の下で泳ぐマスのように手ぐすね引いて待ち受け――私が口から出す泡が水面に浮かび上がるのを、さまよえる人びとが見つけてくれるかもしれません。

（『日記』一八五一年十二月十二日）

## もう一つの水車小屋

農民の子息たちが午後に通う学校は、なかなかいい。使われている丸太はどの大砲の砲身よりも太く、森のなかで戦争でも起こりそうな錯覚を覚える。この建物を建てるまでの面白い裏話がありそうだが、だれも語ろうとしない。北欧出身のスノーロ・スタールソンが苦闘した伝記を読むと、これがその遺産であることが分かる。ポンプ用に使われた丸太もある。――だが大方は、板材や丸太、橋の建材として用いられた。私のかつての教え子の一人

（＊6）が、巨大な破城槌の上に寝そべってみせたことがある。

**＊6　ソローは、教師をやったこともある。**

荷を積んで連結されたソリが滑り降り、さらに別のソリが続いた。森のなかの道も古いものはすたれ、いつか新しい道ができる。人びとは、私がぐうたらな生活を送っていると思っている。確かに、周囲の人びとはコツコツと働いて収入を得ている。だが、雇用された仕事というのは、大同小異だ。――そして、自分たちのためというより、雇い主のために働くことになる。――私が人びとと出会う森のなかに、私の仕事場はある。だが私の丸太は、同じような水車小屋を作るためには使わない。材木を転がすころを、私は別の目的のために使う。

（『日記』一八五二年一月十五日）

## 私はニューイングランド人

この砂地に身を横たえると、何か親近感を覚える。ここに何千年も住んでいた種族の骨が出土する場所だからだ。そして、ここが私の故郷だ。私は、ニューイングランド人である。

ここで、私の骨も筋肉も作られた。太陽が私の兄貴分だし、ここはミドルセックス（＊7）で最大の湖なのだろう。私はいずれ、この地に喜んで骨を埋める。ここが私の住み家だし、私はこの地の一部なのだから。

（『日記』一八五一年十一月七日）

**＊7　イングランド南東部。**

## 野性的だが洗練されている

人間が手がけた人工物は、いずこにおいても巨大な大自然に呑み込まれてしまう。エーゲ海といっても、インディアンにとってはヒューロン湖（＊8）とたいして変わらない。

**＊8　アメリカとカナダの国境にある五大湖の一つで、二番目に大きい。**

だが森の衣装をまとったなかで生活していても、なかなか洗練された文明の匂いを感じるものだ。たとえ最も野性的な場面であっても、都会人にとってさえ家庭的な雰囲気が感じ取れる。開けた場所で葉擦れの音を聞いた者は、文明は森のなかでもそれほど大きく変わっていないことに気づく。森の最も奥まったところでも、科学は歓迎される。そのような場所でも、自然は古くからの法に基づいているからだ。松の切り株の上に、赤くて小さな昆虫が乗っている。その虫のために風は向きを変え、太陽は雲間から顔を出す。野性的な資質のなかには最も文明的な要素が含まれているし、最終的な結果を予測させるものも存在する。そればかりでなく、これまで人類が成し遂げてきたよりはるかに洗練されたものさえ期待できる。

**(『コンコード川とメリマック川の一週間』から「木曜」の項)**

# 神が呼吸すると風になる

洋の東西を問わず、人びとは自然に囲まれた生活をしなくなっている。豊かな自然環境では、ブドウの蔓《つる》がからみ、楡《にれ》が木陰を作っていたりする。人間はこのような状況に手を加えて、自然の神聖さを汚してしまった。したがって、神が見る世界の美しさにはベールがかぶせられている。神は精神面での浄化が必要であるばかりではなく、地球の土になじみ、自然に同化したものでなければならない。神がどのような屋根の下で暮らしているのか、どのような季節の下で過ごしているのか、どのような行動によって神格化を可能にしているのか、だれも深く考えてはいないかもしれない。

だが自然のベールを剥ぎ取るためには、病を回復させなければならない。永遠の神には、永遠の住処《すみか》がある。風というのは神の呼吸だろうし、神の気分で季節が決まる。そして神は、自らの平穏さを自然に吹き込む。しかし周辺のはかない自然と同じく、神も不変・不死ではないと誤解する者もいる。私たちが辺地に出かけて山頂からひなびた村落を眺めると、畏敬すべき村人たちが立ち去って道路に人影はなく、わずかな小動物が残されているだけだ。詩人たちは想像力を働かせて、英雄たちにそのように断定的な台詞《せりふ》を語らせる。

（『コンコード川とメリマック川の一週間』から「金曜」の項）

## 大きな松林

だれにとっても野生はいとしいものだし、意外に近くにもある。古くからある村々でも、人工的な庭園より、隣接する原生林から多くの恩恵を受けている。町を囲む森や、場合によっては、キツネが掘ったばかりの穴のそばに盛り上げたようにこんもりと町に食い込むような形になった森は、住民を計りしれないほど元気づけ、やすらぎも与えてくれる。真っ直ぐに伸びた松やカエデの木々は、いにしえからの自然の素直さやエネルギーを象徴している。私たちが生活するうえで、このようにりっぱな松林が繁り、いまだにカケスがさえずっている森という背景は、欠かせないものだといえる。

（『コンコード川とメリマック川の一週間』から「月曜」の項）

## だれが小屋を建てるのか

人生の理想像が存在するのと同様に、現実の自然よりも完璧で理想的なホンモノの自然があるのではないか、と私は信じている。たとえば、華やかな夏というイメージがほかにもあるのだろう、と私は想像することがある。

人間にとって自然が超能力を持っていると感じられなくなったら、――神は次にどのような手を考えるだろうか。あるいは、人間の行動が崇高で未体験な状況に感動しなくなったら、人生にどれほどの意義があるだろうか。桃源郷（＊9）がないとすれば、いったいだれが努力して小屋を建て、そこに住もうとするだろうか。

（『日記』一八四三年十一月二日）

＊9　ここでは、ギリシャ神話に基づいたelysian fieldsが使われている。

## 自然が私の家

気分のうえでは、私の家は自然のなかにある。私に暖めることのできる家があれば、それがすなわちわが家になる。もし私が暑さ寒さに同情し、自然の音響と静寂に共感し、野性的な周囲を支配する穏やかさを私が共有できるのであれば、それもまた、ヤカンが沸騰する音を立て、薪がはじけ、掛け時計が時を刻む家と同じく、やはりわが家なのである。

（『日記』一八四〇年十二月二十日）

## 歩みに付き従う神聖さ

日差しのなかに遊ぶオンドリたちを見ていると、私は限りない神聖さを感じ取る。そして、神と自分を祝福したくなる。私が歩みを進めるにつれて、太陽は暖かい贈りものを注ぎ続けてくれ、――神は黄色く神聖な世界を展開してくれる。

（『日記』一八四一年二月七日）

## 嵐の雄大さ

嵐のすさまじさをすべてを体験しているわけではないが、嵐は旅人の精神を高揚させてくれる。私が森のなかでの厳しく素朴な生活を考えるとき、（＊10）最も精神をなごませてくれるのは、壮大なスケールの天然現象である。

＊10　ウォールデンの森で二年間の一人暮らしするのは、これより後の一八四五年から四七年にかけて。

船の難破は、破壊者が私たちをないがしろにはしないという点で、それほど恐ろしいものではない。私たちが自然の節度をわきまえる厳粛な神秘を認める限り、私たちは安泰だ。濡れねずみになった船員は、とどまるところを知らない嵐の荘厳さに圧倒され、畏敬と同情の念を持つに違いない。――それは教訓になり得るし、神の存在の証《あかし》にもなる。船員は座礁した場所に身を投げ出しながらも、神の声に耳を傾けようという姿勢は崩さず、同情を絶やすこともない。

（『日記』一八四一年二月十九日）

## 万能薬

社会のなかで健康的なものといえば、自然のなかにしか見つけることができない。――肉体や精神に健康を取り込みたいと願うならば、原野や森林と対話しなければならない。――社会はつねに病んでいて、調子のいいときでさえ気分を悪くさせる。――社会のなかには松が放つ芳香などはなく、草原でつねに感じられるように強い刺激をもたらしたり、気分を爽快にしてくれる匂いはまったく感じられない。

このような快適さをもたらす要素に欠けた状態では、自然のなかに身を置いても顔は青白く、冴えない。

私はなんらかの自然史の本を、万能薬としてつねに自分の手元に置いておきたい。――このような本を読んでいると、私は体の調子がよくなる。――そして、人生に前向きに取り組めそうな気分になる。病気の者にとって自然は病んで見えるかもしれないが、健康な者にとっては健康の源なのである。なんらかの自然美を嗅ぎ取ることができる者に対して、自然はなんの危害も加えないばかりか、失望ももたらさない。絶望の原理は――それが精神的なものであっても、政治的な苦役であっても――聖職者の能力のせいではなく、暴君のためでもないとすれば――自然の調和に呑み込まれてしまった者が教えたものなのだろう。

（『日記』一八四一年十二月三十一日）

## 言葉で言い表せないほどの幸福感

小春日和の太陽が、森や湖に柔らかく輝いている。――今朝の地上は、神々のワルハラ（＊11）のようにさわやかだ。――私たちの精神が、自然を凌駕《りょうが》することはあり得ない。森のなかには、表現し尽くせないほどの幸せが詰まっている。

*11　北欧神話アシールの最高神オーディンの神殿。

（『日記』一八四一年十一月十五日）

## 野生に関する特異な性格

岩の間に生えている苔類に、私は書物以上に仲間のような親近感を感じられるような気がする。どうやら私は、野生に関して奇妙な性格を持っているらしい。——とにかく私は、野性的なものに強いあこがれを持っている。私は自分がなんら優れた資質を持っているとは思っていないが、——特定なものを情熱的に愛することができる。——もしそれをとがめられたら、私は仰向けにひっくり返るしかない。

（『日記』一八四一年十二月十五日）

## 納屋でかしましく鳴くメンドリ

現今の私たちの生活やその傾向は、どのようなものだろうか。——私たちの精神的な周辺状況は、どうなっているのか。——だが一方、あちらの塀に早朝からたむろしてさえずっているスズメたち——そして納屋のなかでうるさく鳴き立てているメンドリたちはどうなのか。――これらの騒音のなかで、私の運命はまだ定まっていない。多忙をきわめる女性たちにとっての最大の関心事は、メンドリたちがいったいいくつのタマゴを生むか、という問題だろう。

（『日記』一八四二年三月二十日）

## 自然を語る際に

学者は自らの表現を美化するために、平凡な体験など援用しない。たとえば、自然の真実について書く学者は、きわめて少ない。自然の謙虚さについて詳述することもあるが、好意的に書くことはない。自然を褒め称えることは、まずやらない。静かにしゃべるより、叫ぶほうが得意だ。したがって、話しかけるよりも、尻をつねったほうが効果的だ。木こりは森についての悪口を言いながら、斧と同じく興味がなさそうな態度で木を切り倒す。だが彼ら木こりのほうが、自然を愛すると口角泡を飛ばして熱心に語る者より好感が持てる。

（『コンコード川とメリマック川の一週間』から「日曜」の項）

## 自然の手助けをする

気づかないうちに自然が私を利用していると思えたとき、まるで自分が褒められているようないささか面《おも》はゆい気分になる。――たとえば、持ち歩いているうちにタネを図らずもばらまいてしまうとか、――イノコズチのようにイガのある実とか、トリガイ（鳥貝）のようにギザギザした貝殻を洋服に付けたまま原野を歩き回るような場合である。――私は何か、公益のために役だった気分になる。どこかで寝泊まりする権利を得た、とでもいう感じを持つ。――私は少年時代からこのような傾向があり、まるで自分がサーカスで馬のくつわを持っているような、観客のだれもがうらやむほどの誇らしげな気持ちになったものだ。

（『日記』一八四一年二月六日）

## ベイカー農場だ！

雨が止んでアイルランド人の小屋の軒から歩み出ると、私はふたたび湖のほうに向かった。カワカマスを捕まえたかったので、足を早めた。奥まった草地の湿地帯に足先を浸したが、このあたりは人里離れた原始のままの世界で、大学まで行かせてもらった私などがさまようにはバカらしく思えるところもあった。だが夕陽に染まった西側に丘を駆け下りるころ、肩越しに虹が見えた。澄んだ大気を通して、どこからともなく、かすかに鈴の音が聞こえた。私の守り神が、こう言っているかのようだった。

「毎日、はるか彼方まで広範囲に釣りや狩りに出かけよ。――もっと遠く、広く」

――いくつもの小川のほとりで憩い、なんの不安もなく暖炉の前でまどろむ。若いうちに、創造主になじむことが望ましい。暁の前に目覚め、なんの懸念も抱かずに冒険に旅立とう。昼には湖めぐりに精を出し、夜になればどの場所であってもわが家になる。ここより広い原野などないし、ここでのゲームに勝る遊びはない。このあたりのカヤツリグサやシダと同じように、大いに野生に帰るのがよかろう。これらの草は、決してイギリスの干し草のようにはならない。雷が鳴るなら、なるがままにしておこう。だがこれが、農民の収穫に大打撃を与えたらどうすべきか。だが、そこであなたがあわてる必要はない。農民たちが荷車や小屋に逃げ込むのを尻目に、あなたは雲の下に身を置けばいい。商売をして生計を立てるのではなく、楽しみながら暮らしていけるよう心がけよう。土地や風景を愛《め》でながらも、それを所有しようと思ってはならない。大胆さや信念が不足しているため、人びとは商売にあくせくし、一生を奴隷のように過ごしてしまう。

ベイカー農場、万歳！

（『森の生活』から第十章「ベイカー農場」の項）

# 牛と畝《うね》と豆畑——コンコードの農業

マサチューセッツ州コンコードの町は、一般には「ミニットマン」（＊1）と「超越主義者《トランセンタンタリスト》」（＊2）の故郷《ふるさと》だと考えられている。

＊1　マサチューセッツ大学の、フットボール・チームの名称。

＊2　十九世紀のなかごろ、ニューイングランドで盛んになった哲学的な思考。「限定された感覚を越える純粋な理性」が「超越主義《トランセンダンタリズム》」で、思想家で詩人のエマソンや作家のオルコットら、ソロー周辺のインテリが傾倒していた。

あるいは、「戦う農民たち」が一七七五年四月十九日に、政治的な独立を目指して戦闘を開始した場所としても知られている。（＊3）

＊3　コンコードでイギリスに反旗をひるがえした「植民地軍」が、勝利を収めた。

それから半世紀あまりが過ぎたころ、ラルフ・ウォルドー・エマソン（一八〇三～八二）やヘンリー・デイヴィッド・ソローらが、知的な独立を標榜《ひょうぼう》して闘った。彼ら自身の問題でもあったし、アメリカ文化全体におよぶテーマも提起した。（＊4）

＊4　イギリスと完全に袂を分かつため、公用語としての英語をやめよう、という主張さえあった。ただし、ソローらはこれに与《くみ》しなかった。

コンコードでは従来から革新的な考え方を持つ学者や軍人を排出してはいたが、十九世紀後半になるとさらに特異な性格を備え持つようになった。農業改善の面で、先端的な役割を担うようになったのである。一八四四年に鉄道が開通したおかげで、コンコードは近隣の大都会ボストンにミルクを供給しやすくなり、園芸作物やくだものも容易に市場に出せるようになって、事業が拡大できた。たとえば、技師から園芸家に転じたエフリアム・ブルはブドウの改良に取り組んで、さまざまな新品種を創り出して評判になった。さらにコンコードの名声を高めたのは、スタンリー・エルキンス（＊5）が「南北戦争（一八六一～

六五）以前のアメリカの文化首都」と呼んだためだった。また「ギルデッド・エイジ（金ピカ時代）」（＊6）には「全米一のアスパラガスの首都」（＊7）とも言われた。

＊5　スミス大学・歴史学教授。『アメリカの奴隷』（一九四八年）、『連邦主義の時代――一七八八～一八〇〇』（共著、一九九三）などの著作がある。
＊6　南北戦争後の一八七三～九八年ごろ、産業が急速に発展し、安っぽい成金趣味が流行した。
＊7　アスパラガスの花言葉は「不変」だが、ラテン語やギリシャ語では「大きくなるもの」という含意もある。

つまりコンコードは、十九世紀の半ば何十年かにわたってニューイングランドの田園地帯で進行し、変貌をうながしつつあったもう一つの革命、「農業革命」の主役を果たしていたのである。

ロバート・A・グロス（＊8）

＊8　「文化と農耕」（一九八二）、「一九世紀のコンコードにおける進歩についての論議」（一九七八）などの雑誌論文がある。

## 名誉ある職業

農民は、居住可能な面積を増やしてくれる。彼らは、土をこしらえる。これは、名誉ある職業だ。

（『日記』一八五二年三月二日）

## ライ麦

私に、自然の豊かさを感じさせてくれる農作物がある。――穀類である。ジャガイモは、それほど土の恵みを感じさせない。穀物のなかでも、ライ麦は群れを抜いて土壌の恩恵を具現している。ある農民に言わせると、来年は私もライ麦を収穫することになるだろう、と言う。茂みを開墾してあげるという。――鋤《すき》も入れてくれるそうだが、畑にする土地があまりにも凸凹すぎたら、単に焼いて除草するだけにとどめると言う。――そして、きちんとタネも蒔いてくれるという話だ。――秋のうちに秘密が漏れなければ、土は冬の間じゅう秘密を守ってくれる。春になって芽が出そろうと、秘密はバレる。石ころや灌木が多く地面も凸凹だった割には、広い面積からすばらしい収穫が上がったのを見て、私は手伝ってくれた農民自身もこれほどの成果は期待していなかったに違いないと思うだろう。――そしておそらく、これはきわめて運がよかったせいだ、と断じるのではあるまいか。――これは、神が贈ってくれたものと感じて、一時的に感謝する気持ちになるだろう。だが神は、鎌を振るって収穫する段階まで、状況を忘れている可能性もある。子ども用のエプロンをして、自然をだましてしまう感がある。

（『日記』一八五一年七月八日）

## 牛を小屋に入れる

（十二月）六日の夜には雪が降り、あたり一面は真っ白だ。今年の初雪で、二インチ（五センチ）積もった。一週間前、放牧されていた牛たちが、小屋に連れ戻されるのを見た。――いまでは、小屋暮らしだ。野草をむさぼる生活は終わった。農民はたとえ小雪であってもこの積雪を見て、やるべき仕事を急ぐ。――たとえば、まぐわの上に重石《おもし》を置く、などの作業だ。――機を見て、敏捷に動く。荷車はもう見かけないし、森の境界より遠くには男や子どもの姿は見当たらない。――みな、急いで冬ごもりだ。――森の彼方の牧草地から牛も牛飼いも姿を消したし、臆病者も追い払われた。

（『日記』一八五〇年十二月八日）

## 森のオークション

農民たちは、いま肥料を荷車に積んで運び出している。――また冬場には湖に近づきにくくなるため、湖畔から堆肥の山を動かしている。あるいは、秋口の土づくりで畑を耕す。――多くの昆虫を殺し、土壌を柔らかくする。――カブを引き抜いたり、カラスについばまれただろうに、いまだにトウモロコシを収穫する者の姿もある。森の木々を薪《たきぎ》用に切り売りできる者にとっては、寒さがつのる時期だけに売りどきだ。多くの材木を切り出して、森のオークションの宣伝をしている。

(『日記』一八五〇年十一月十五日)

## 干し草づくりは戦争だ

農民たちは、牧場での干し草づくりを終えたところだ(今日は日曜日)。――早生《わせ》のジャガイモを植えている者はすでに掘り出しているかもしれないし、干し草づくりのために延ばしていた作業に取り掛かっている者もいるだろう。――この六週間あまり、農民は畑の草取りや牧草地を片づける作業に没頭していた。この近辺では、これもすべて終了した。――自然の顔には、すべて剃刀《かみそり》が当てられた。これほど時間のかかる重労働だから、怪力ヘラクレスでも背中を痛めてしまうに違いないし、朝な夕なに大鎌を振るって大量の汗をかき、忘れがたい思い出になることだろう。

この時期に過労で命を落とした若者を、私はたまたま知っている。――干し草づくりの時期には、二倍の給与をもらう者もいる。彼らは、早春のころから契約をすませて待機している。ニューイングランド中の畑や牧草地を一度だけではなく、毎年すべてきれいにするのだから、仕事には果てがない。――農民ひとり当たりの苦労は、ナポレオンが（スイス南部の）シンプロン峠を超える馬車道を建設したとき（一八〇〇～〇七）の労力を上回るほどのものだ。別になんの掲示が出るわけではなく、農民の厳格な年中行事の習慣に従っているだけだ。――大鎌がどこで作られ、どこで売られているのか、難なく捜し当てられるのかどうか、農民に尋ねてみるといい。この兵器にしても、その入手方法にしても、きわめて戦争に似ている。メキシコから領土をせしめた（＊9）ときも、ニューイングランドで毎年、繰り返される干し草づくりほどの勇猛果敢な行動は必要とされなかった。

＊9　メキシコ戦争、ないし米墨戦争。一八四六～四八。アメリカのテキサス併合から戦争が起こり、アメリカが勝利を収め、カリフォルニアなどメキシコの北半分がアメリカ領になった。ソローはこの戦争に反対し、税金の支払いを拒否する不服従運動をして投獄された。

メキシコから領土を奪ったのはインチキくさい手段であり、濡れ手に粟の気味がある。メキシコ人たちは、夏の畑の雑草よりも簡単になぎ倒されてしまった。

ニューイングランドの男たちの作業と比べられるような点が、いささかなりともあるだろうか。干し草づくりは、海兵隊員や脱走兵たちにはとてもできっこない。米兵には不可能だし、陸軍士官学校を出た士官候補生でもムリだ。――彼らにこの仕事を課したら、たちまち戦意喪失して、脱走してしまうに違いない。脱走せずに、任務を遂行できるだろうか。――どの畑の草刈りをするにしても、すべて戦場だ。しかも激戦だ。――この季節には、死体累々《るいるい》だ。朝に夕に、農民たちは扱いにくい大鎌を振り回して奮戦する。――季節の兵器であり、時の武器である。――わずかずつ、ジリジリと前進する。――これは、夏の大事業だ。詩人のようなイマジネーションを導入すれば、戦闘が終結した際には角笛でも吹き鳴らして祝うのが似合うだろう。――干し草づくり作業員の日があってしかるべきだ。――これが、ニューイングランドの平和な戦闘である。

（『日記』一八五一年八月十七日）

## メンドリたち

いま午後十時半で、ハッバード家の納屋からオンドリの鳴き声が聞こえる。――すでに、朝の予兆が示されている。これは翌朝を予告する、羽の生えた目覚まし時計だ。オンドリの鳴き声は、どの時間帯でも不思議に元気づけてくれる。ニワトリの脚の肉や卵よりも、私はこの鳴き声にはるかに魅力を感じる。メンドリと人間も、奇妙な関係にある。メンドリどもはつねに、納屋に卵を生み落として行く。メンドリは家禽であるのに、なんとなく人間に対して気恥ずかしげに振る舞う。——養鶏がすでに実験段階ではないことは承知しているが、どうして必ずうまくいくのか不思議に思う。今後もメンドリたちは飼育され、暗黙の了解によって納屋で卵を産み続ける。——裏庭から、あまり遠くまでさまよい出る懸念はない。

(『日記』一八五一年七月十一日)

## 豆っ子ちゃん

収穫したこの豆類は、必ずしも実った成果のすべてではない。ウッドチャック(*10)も、自分たちの分け前を持ち去ったはずだ。

**＊10　マーモット。リス科の小動物で、後ろ足で立ち上がる。**

小麦の穂(英語ではear＝耳だが、ラテン語ではspica、もともとはspecaで、希望という意味のspeに由来している）に対しては、農民だけが希望を持っているわけではない。実の一粒一粒（ラテン語のgranum。「実るもの」という意味のgerendoから来ている）だけが、食用になるのではない。そうだとしたら、不作などということは起こり得るのだろうか。やたらに生える雑草にしても、実をつけて鳥餌の宝庫になるのだから、むしろ喜ぶべきなのかもしれない。畑の農作物が農家の納屋を満たすことは、相対的に見るとそれほど重要なことではない。本当の農民は、深刻に悩んだりしない。リスは森のクリが今年は少なかったといって、大騒ぎなどしない。日常の仕事をこなし、自らのテリトリーで手に入れられる権利を放棄し、心のなかでは最初の収穫も最後の収穫も断念して泰然としている。

**（『森の生活』から「豆畑」の項）**

# なんとうらやましいことか！

わが友ライスへ

枯れ草畑にいるそうで、実にうらやましい。いい香りを放つ積み草の脇で、大の字になって寝ているきみの姿が目に浮かぶ。片手にブドウ酒の瓶を持ち、もう一方の手にはパンを持って、健啖《けんたん》ぶりを発揮しているのではなかろうか。

**（チャールズ・ワイアット・ライス（＊11）への手紙、一八三六年八月五日）**

*11 大学時代からの友人。

## 干し草を満載した荷馬車

干し草をたっぷりと積んだ荷馬車が、農地のほうからやってくるのを見るのは楽しい。もう数日のうち（一週間以内）に、見られるだろう。満載した干し草の重みで、荷台が下がるほどだ。まだ、鉄道では干し草は運搬していない。そうなってしまうと、田園風景を損なってしまうおそれがある。ドライ・ハーブが、山と積まれている。これほどの量の草があったことに、改めて驚いた。——飼われている牛馬は、昨年夏に刈り取ってひからびてしまった草をまだ食べさせられている！　家畜はいまでも牧場をうろついている。

（『日記』一八五二年二月八日）

## 休息

ホズマー（*12）が納屋の下から取り出した肥料を荷車で運び出し、冬に備えてスペースを作っているのを見かけた。彼は、農業にはもうくたびれた、と語っていた。——かなりな年だから、やむを得ない。ウェブスター（*13）によると、ホズマーのおやじさんは、一日たりとも働かずにムダ飯を食べたことはない、と自慢していたという。ブルーム卿（＊14）も野党時代にはこのようなことを言いかねなかったが、彼は自分自身のことはあまり語りたがらなかった。いずれにしても、ホズマーのおやじさんは怠けたがったわけではない。――ただ、ちょっと息抜きがしたかっただけなのである。

＊12　エドモンド・〜。コンコードの大きな農場主で、ソローと家族ぐるみで親しく付き合っていた。息子は、エドモンド・ホズマー・ジュニア。
＊13　ダニエル・〜。ソローとホズマーの共通の友人。
＊14　ヘンリー・ピーター・〜。イギリスの政治家・弁護士・改革者。一七七八〜一八六八。

（『日記』一八五一年九月二十九日）

## マイノット（＊15）

マイノットからきょう聞いた話だが、彼の知り合いでリンカーン（＊16）に住んでいる男は、納屋を床張りしていないのだという。地面が凍り付くのを待って掃除をし、そこで脱穀するのだそうだ。

＊15　ジョージ～。ソローが親しく付き合っていた農民。ソローより早く亡くなる。
＊16　マサチューセッツ州。コンコードの南東。

またこの男の話によると、ソバは収穫したその場所で脱穀し、それを掬《すく》って煎る者も、少なからずいたという。（＊17）

＊17　家畜の飼料や、パンケーキの材料にする。

マイノットは、地面にまとめて干してある農作物の茎を「年貢《ゲイヴェル》」と呼んでいた。彼は古い時代の英語をよく知っていて、私はそのつど辞書で意味を確認して感心した――それまでに聞いたこともない単語が、ときどき出てきたからだ。

納屋の近くで木にまたがせて干してある彼のトウモロコシの茎はとくにみごとで、――まだ新鮮で緑色もあざやか、栄養分たっぷりで力強さを感じさせる。――金儲けしか頭にない農家では、茎などほったらかしにし、黒ずんで腐るに任せるが、そのあたりが違う。マイノットはひょっとすると、最も詩心に富んだ農民なのかもしれない。――彼は農民生活の詩的な部分を最も数多く私に教えてくれ、私の知識はもっぱら彼から得たものだ。彼は仕事を急いであたふたとやるわけではなく、愛《いと》しんでやっているように見える。彼は誠心誠意、仕事に打ち込み、すべての結果にきわめて満足しているらしい。彼は、収穫物の売れ行きだけに関心を持っているわけではない。――皮算用もしない。だが結果的には、労力に見合った満足すべき収入を得て報いられる。彼が持っている農地は、持て余すほど広くはない。――広ければ、仕事量も増える。家内労働だけで、だれひとり雇っていない。――自分自身に満足して暮らしている。彼は大量の収穫をもくろむわけではなく、充実した仕事をすることに専心している。

彼は、納屋に関しては細部まで熟知している。床にもう一枚の板張りさえすれば、雇い人に納屋での作業の楽しみを奪われずにすむ。――彼は時間を見つけてはゆっくりと森を歩き、これぞと思う松の木があるとそれを製材所に頼んで板にしてもらう。したがって、納屋の床の歴史については詳しい。

彼は農業を楽しみにしており、狩猟や釣りの趣味より長続きしている。――彼は、タネを蒔くときも決して急がない。だが、決して蒔きどきは逃さない。――しかも、都会人も顔負けなほど、きちんと美しく仕上げる。――作柄が悪いときには、事前に予知できる。――だが、収穫できただけの量でつねに満足する。彼の納屋の床は樫の木クギで固定されているが、彼は鉄のクギよりこちらのほうが気に入っている。鉄は、錆びてダメになりやすいからだ。

彼はトウモロコシのひげが好きで、子どもがオモチャで遊ぶように、これをもて遊んで喜んでいる。――したがって、収穫が少なくても気落ちはしない。作物が市場に運ばれて行ってしまうと、泣き出さんばかりに残念がる。彼の畑には、雑草のタネなど残されていない。彼は風の強い日に沼地を歩くのが好きで、松林を抜ける風がうなりを上げるのを楽しんでいる。

彼はネズミ退治をするために、納屋でネコを飼っている。彼は食べるものや着るもの、家具などでぜいたくは言わない。――だがケチなわけではなく、簡素な暮らしが好きなのである。もし彼の姉が先に死んだら、老齢になった場合、公立の養老院に行くのではないだろうか――彼は決して貧乏ではないが、金持ちになりたがってはいない。

彼は農作業を指示されるのを嫌い、楽しみながらやっている。儲け仕事だと割り切ってあくせくと働いている者には、想像もつかないだろう。

リューマチも患わず、手が震えることもなく、――彼はいつまでも健康であるかのように見える。彼は本など一冊も読んだことはないが、海軍教育を受けているためりっぱな英語をしゃべる。

（『日記』一八五一年十月四日）

## ある種の道徳的な価値

この何か月かの間さまざまな分野の本を乱読したあとで、ミドルセックス農業委員会が編集した農業報告に目を通した。――ある農民が買い戻した何エーカーもの湿地のことや、自らが建設した何ロッド（一ロッドは約五メートル）にも及ぶ石垣の自慢話などが書かれている。――また、何トンもの干し草を作ったとか、トウモロコシやジャガイモを何ブッシェル収穫したなどの話も載っている。――私も、自分が陽光を浴びるがっちりした大地を足で踏みしめているような錯覚を覚える。――このような実態は、すべての哲学や詩歌、そして宗教の基礎にさえなっている。この夏、何エーカーかの土地で畑作をやった者は、性格面でも何かプラスになるものを得た、と私は信じている。――彼らが救貧老人ホームに入るとか、監獄行きになることは、まず考えられない。――それどころか、天国への道を着実に歩んでいる。――彼らが農地を引き継いだときには、接ぎ木された果樹などはなかった。（*18）――だがいまでは、商品にするためには味も見栄えもいいくだものにする必要があることを認めている。ほかの要素は別にして、これだけを取り上げても、ある種の道徳的な価値がある。

（『日記』一八五二年三月一日）

*18　ソローの頭のなかにあるのは、リンゴだろう。彼は野生のリンゴが好きだと言っているが、これは小さくて酸っぱい。大きくて甘い果実は、接ぎ木しないと実らない。

## 現代の叙事詩

もしだれかがある思想を熱心に聞きたいと思っても――まだそれが煮詰まっていなかったり、新聞では十分に報道されていなかったりするため、国中がかしましく全貌を求める。だが土地の開墾や畑作、タネ蒔きや石垣作りなど夏の行事を、新聞がいちいち報道するわけではないし、文学作品に描かれもしない。農村文学は、畑ほどの広がりを持っていない。――また農家の年中行事も、大部の本にまとめられてはいない。それでも一軒の農家の歴史（ないし叙情詩）は、自然との関わり具合から高度な耕作の方法に至るまでの状況を描くもので、エルサレムの包囲（*19）などの歪曲されたナンセンスな通説よりも、現代の叙情詩の題材としてはふさわしい。

（『日記』一八五二年三月二日）

*19　**十字軍の失地回復にまつわる、大仰な物語か。**

## 家畜ショー

十月の風でニレやボタンウッド（スズカケノキ）の葉が地上に積もり始めるころ、私たちの村コンコードにおける年中行事である家畜ショーが開かれる。この日に道を歩いていると、鋤を引いて畑を耕す家畜の手綱を引く少年たちもお役ご免で、にぎやかなムードが盛り上がっている。この喧噪《けんそう》のなか、私の思いは風にさやぐ森に飛ぶ。木々はすでに、冬に備えて準備に入っている。好例のこの祭りの時期、人びとは道路に繰り出し、街路樹も葉づれの音を立てる。それが当然ながら、私に秋を感じさせる。道を行く牛たちの鳴き声が、耳ざわりなシンフォニーか葉づれに合わせた通奏低音のように響く。強い風が吹き抜けて行き、畑に落ちていた藁《わら》を寄せ集めようとする。だが農家の青年たちが走り回って、それを妨げる。――若者たちは一張羅《いっちょうら》のピージャケット（＊20）や霜降りヴェスト、プレスのきいたズボン、目立つズックやカシミア、コーデュロイの生地で作った衣服、さらに毛皮の帽子というでたちでめかし込んでいる。

＊20　厚手のハーフコート。

いずれもカントリー・フェアと家畜ショーのためであり、今年の宝物がすべて勢ぞろいしている。彼らは、空いている力強い手のひらをついてフェンスを飛び越える。子牛やヒツジが鳴くなかで、彼らは両手をだらんと両脇に垂らしてじっとしていることなどない。――目に入るのは、エイモス、アブナー、エルネイサン、エルブリッジ……などの面々。

「松が生えた急斜面から平原まで」――私はこれら地球の子どもたち、母の息子である若者すべてが好きだ。彼らは大いに乗っていて、見どころを次から次へと集団で移動し、若き日の時間を惜しんでいるかのようだ。

（『コンコード川とメリマック川の一週間』から「金曜」の項）

## 本当の農民

農業はあまり儲かるものではない、と多くの者が思っている。――だが、何をやらしてもうまくこなせる者も、わずかながらいる。たとえ彼らを裸岩の上に据えておいても、やはり成功するだろう。ホンモノの農民も同様で、成功者の教訓を生かしている。――裸岩の上に根づいた苔のようなもので、そこで育って繁殖し、ついには岩を割るほどになり、庭の野菜も畑の野菜に変えてしまう。

（『日記』一八五二年三月十四日）

## みごとな家畜

赤みを帯びた家畜の肌色は風景のなかで目立ち、効果的だ。――赤か黒か白か、それとも灰色か、あるいは斑点があるか、私は今日の午後それらすべてを目撃した。冬の間、納屋かその周辺に閉じ込められていた牛たちは、なんとなく薄汚い。――だが花の咲いた草原をさまよっているうちに磨かれて毛並みもきれいになり、いやな臭いも消える。――なんとも、見た目に美しい家畜もいる（きょうの午後、白に赤い斑点のある牛を見かけた。二頭の子どもたちも、同じ模様だった）。家畜に「こぎれい《ニート》な」という形容を使っても、語源に詳しくないなどと非難されずにすむのではないかと考えている。

（『日記』一八五二年六月二十三日）

## 罪を犯した二人の農民

ひと晩じゅう、霧のなかに寝そべって反芻を繰り返している牛は、なんともタフな動物だ。牛たちは目覚めたとき、四肢を伸ばしたりもしない。カエルが水を気にしないように、牛も霧に関して無関心だ。カバが川岸を永遠のすみかとしているのと同じく、牛は牧場のような環境で生涯を過ごすことに不都合は感じていないようだ。私の目から見ると牧草は丈が短くて固いように思えるが、牛たちは根っこから引き抜いてそのあたりにばらまく（私がこちらのほうに戻ってきたときには予測もしなかったことだが、カートに土を入れて運んできた二人の農民がいた。――彼らは言い訳めいた態度で、日曜の朝に働いていることを私に詫び、何か月か病気だった牛がゆうべ死んだので葬っているところだ、と真面目な顔で説明した。だが彼らはうっかり認めたのだが、彼らにとって都合がよかった昨晩、殺してしまったのだった。――そしていま、たっぷりと土をかぶせて肥料の足しにしようとしている。――人びとは罪悪感を払拭しようとして言い訳をするため、本当は無実であっても、かえって罪深く見せてしまいがちなところがある。私は、牛がひと晩じゅう霧のなかに寝ていたら寒かろうと言ったのだが、彼らの一人が、図らずもこう答えたのだった。「病気の牛にはこたえるかもしらんが、死んでる牛にはどうってことないさ」)。

(『日記』一八五二年七月二十五日)

## 雄牛たち

いくつもの丘を越えて、彼方の地に行くのは楽しい。ここでは、空気がつねに流動しているからだ。――だが、牧場の雄牛たちはしっかり監視しておきたい。手前の日陰にいるこの一頭は仲間の牛たちに囲まれているが、短いが鋭いツノはとんでもないことをしでかしたため、私たちはこらしめのため、この雄牛を隔離することにした。

(『日記』一八五二年六月十九日)

## 農業から学ぶことは多い

午後、アナースナック（*21）に向かった。

草木が枯れてしまった。——雑草でさえしおれてしまい、トウモロコシもひょろひょろしている。農業はすぐれた学校で、人間はこの分野でいい訓練を積むことができる。農業で成功するためには、怠慢は許されない。いまこそ、農繁期だ。——全米で、この夏に人びとはどれほど精を出して働かなければならないことか。腐ってしまった干し草も、いくらか目に付く。黒く変色してカビた草から学ぶ教訓は、干し草は晴れているうちに作り、雨が降る前に取り込むべし、という点だ。

（『日記』一八五二年七月二十三日）

*21 マサチューセッツ州。コンコードの北西で、同名の丘がある。

## 農民か船大工か

内陸深くに住む農民は、畑を耕したりカートを押したりしているだけではダメなのではないか、と私はしばしば思う。――燃料を得るためには森に行って薪を切り出してこなければならないし、場合によっては船を造れるほど丈夫な建材さえ確保する必要がある。農民は暖房用の薪ばかりでなく、造船用の木材まで入手しなければならない。彼らは、固い樫の木の運命を決定づける権限さえ持っている。おまえは水に畝《うね》をつける船になるのだぞ、そしてわしにゼニをもたらすのだ、と告げることになる。船の建材が最初に積まれるのは、森のなかや農家の裏庭なのである。木を切り刻んだり板を焼いて曲げるのは、農家の大きな暖炉の近くである。――また畑を耕す同じくびきを、この作業にも利用する。バールや鎖を用いて、車輪を結びつける。無数のくびきを使い、いくつもの丘を越えて最寄りの港まで運ぶ。どの丘がけわしい勾配を持っているのか、どれくらい標高が上がるのか、農民は技師と同じくらい知悉《ちしつ》している。苦労を重ね、平らな地点で休息を取りながら、なんとか困難を克服する。農民たちは黙々と作業に邁進するが、その苦難は並たいていのものではない。彼らは軍艦の竜骨《キール》やマストも、森で作って最寄りの港に持ち運ぶ。――これは、野蛮人の技術を凌駕するものだったに違いない。人間の無知さ加減は、知識と同じく有効に働くことがある。多くのことを知っていると、褒めたがらなくなる。冬の期間、どれほどの農民が船の建造に従事するのだろう。――海など見たこともない連中なのだが。

（『日記』一八五三年一月十四日）

## カウベル

階下でやかんが煮立って、音を立てている。その音を聞いて、何年も前にグレート・フィールズで野イチゴを摘んでいたときに聞き覚えたカウベルを思い出した。――遠くの、カバの林の奥から聞こえてきた。農民が牛の首にかけた真鍮《しんちゅう》製の鈴は安っぽい音を立てるが、私にとっては鐘楼で揺れる何トンもの重い金属の鐘よりも心に沁みる。

（『日記』一八四一年四月四日）

## 丘の農場

隣人が語った話によると、丘の上にある彼の農場はみじめなもので、「世界がバラバラになるのを防ぐ」くらいの役にしか立っていないと言う。――彼は神の恵みを最大限に利用しているのだから、神はもっといいものを彼に与えて報いてやってもいいのではないかと、私は思う。――彼は不平をこぼしながらもよくやっているし、がまん強く粘っている。地形は三角形だし、ありがたがられる場所ではない。どう見ても、高くは評価されない。――近所の連中はもっと肥えた畑を持っていることを知っているから、彼は卑下した呼び名を付けている。だがこの男は、痩せた畑を持っているがためにユーモアが磨かれたことを忘れているようだ。これでなんらかの収穫はあったわけだし、――谷間に比べれば天に近いのだから。

（『日記』一八四一年二月十三日）

## 暁にマーケットへ

九月九日、午前二時。

樹木に覆われた薄明かりの下、私は農家や納屋の脇を通り抜けて進む。建物はベールを被ったかのようで、とてつもなく遠くにあるように見える。農民も牛たちも、みな寝静まっている。番犬さえ、惰眠をむさぼっている。人間も、ことごとく白河夜船だ。この世には、人っ子ひとりいない感じだ。

低くなったコーナー・ロード（＊22）のあたりは深い霧が淀んでいるが、霧は決して同じところにとどまってはいない。

＊22　コンコードの南東に伸びる道で、サドベリー川（マスケタキッド川）を横切る。

霧はこちらに近づいてきて、メモしようと立ち止まった私をすっぽり包み込んでしまった。――だが、まもなく音もなく離れていった。――こんどは、牧場をクモの巣のように覆った。時計が三時を打つのが聞こえた。霧は、粘土質の土手のところにやって来た。オリオン星座の淡い光が、そこはかとなく青い空を見せているような気がするし、そこからささやかな光が注いでくる。月は西側に出ているのだが、それよりもオリオン座の方角が心もち明るい感じだ。まだ夜なのに、空は闇というよりいくぶん青みがかってきて、夜のベールを通して、遠くに昼間の兆候が感じられる。太陽の位置も、おおまかに見当がつく。曙光《しょこう》が、早くも踊り出す。かすかに聞こえるのは、コオロギの鳴き声だろうか。ハンの木が繁る土手道ですだいているようだが、夜明け前だけに夕方ほどかしましくない。月が、沈みかかっている。町へ通じる橋の一つを、荷馬車が渡る音が聞こえる。この時間の月光は、事物の意外な面を照らし出している。何ロッド（一ロッドは約五メートル）も先の橋の方角から、熟れたリンゴの匂いが漂ってくる。むし暑い夜で――薄手のコートだけで十分だ。

コナンタムの最初の峰（*23）の頂上では、農民が馬具を取り付けている音がする。マーケットへ出かけて商売するに違いないが、自分の身支度は十分とはいえない。

*23　コーナー・ロードを南下して行くと左手に見える連山だが、丘という程度。

オンドリがときを告げたが、この一声が農民の生活を象徴している。月が、地平線の雲に没しようとしている。――コナンタム連山の小川に面した側では、草の奥深くでツチボタルが光っている。――月の色は、茶色から赤に変わった。ヨタカ（夜鷹）が一羽だけ、鳴いている。

時計が、四時を打った。

何頭かの犬が、吠えた。また何台かの荷馬車が、マーケットに出発した。――ガタガタいう音が、遠くで聞こえる。私のフクロウが鳴いているが、名前は付けていない。――貨物列車の近づいてくる音がかすかに響いてくるが、まだウォルタム（＊24）くらい遠方か。早起き鳥も、さえずり始めた。

（『日記』一八五一年九月九日）

＊24 コンコードの南東方向。ボストン寄りの工業都市。

# 干し草つくりの生活

村からちょっと離れてみると――私たちがどれほど自然の懐に深く抱かれているのかを実感する。――たとえば、家々の屋根が夕陽に輝いている。だが振り返って考えてみて、そこに住む住民たちも自然を反映して無垢《むく》であるのかというと、疑問を持たないわけにはいかない。干し草を作っている人びとの生活は、その仕事にふさわしく単純で無垢なものと思いがちである。輝くばかりの収穫——青々とした芝生——新芽を吹く森——家畜の群れ——このような情景は、農民の理想像を表しているのだろうか。

（『日記』一八四三年八月十四日）

## 桃の木を植える

ボルトン（コネチカット州）に住むサムソン・ワイルダーを尋ねた。彼が語ってくれた桃の木の植え方の要点を、以下に紹介しよう。

まず六平方フィート（三・三四平方メートル）、深さ二フィート（六十センチ）ほどの穴を掘り、土をどける。底から六インチ（十五センチ）くらいの厚さで石灰と灰を等分に混ぜた肥料をやり、その上にやはり同じくらいの厚さで、砕いた骨などの混合肥料を埋める。さらに、動物の糞などを土に混ぜた堆肥を施す——たとえば、ブタの糞四ブッシェルに、手押し車いっぱいの土を混ぜる。それらを木の周辺に埋める。木は、二年ものの苗木で、芽が出かかったものがいい。二年後に幹の周囲三フィート（一メートル）のあたりに深さ六インチ（十五センチ）くらいの溝を掘り、石灰と灰の追肥をやる。

（『日記』一八四一年九月二十日）

# 干し草が立てる音

絶え間なく降り続く雨のほかに、木々から大粒のしずくが落ち、水たまりにえくぼを作る。ベイカー農園（*25）の納屋に立ち寄った。

**＊25　コンコードの南部フェアヘイヴンにある。**

牧場の乾いた干し草に腰を下ろした。——ここには、ネズミが巣くっている。外は荒れた天気だが、ここまではしぶきがかかってこない。すわっている干し草の山が、ガサゴソ音を立てる。だが雨の日で干し草づくりは休みだから、乾いた静けさが支配している。——静まり返っていて、コオロギの鳴き声さえも聞こえない。湿度も騒音もなく、ひたすら乾いていて静寂だ。思索をするには、もってこいの環境だ。——体重によって干し草のこすれる音だけが、沈黙を破る。あまりにもふかふかのベッドなので、寝るよりすわったほうが快適なような気がする。

（『日記』一八五二年四月十九日）

# はじめての長旅

二軒の男の子が寄り集まり、大人と一緒に遠くまで放牧に出かけることがある。ときには、五、六十マイル（八十キロから百キロ）も離れたニューハンプシャー州まで遠征した例さえある。早朝にそれぞれ手に杖を持ち、犬たちを従えて出発する。——農家の少年にとっては大きなできごとだし、これがはじめて家を離れて旅をする体験だという子も多い。山間《やまあい》に住む牧場主たちも、期待しながら待っている。秋になって家畜を連れ戻しに行くときには、雌牛ジャネットやまだら牛が自分たちを覚えてくれているかどうかが気がかりになる。——そんなとき子どもたちは、若い雌牛がまだ子どもを孕《はら》んでいないことを知って歓声を上げるという。——脇に寄り添って一緒に歩き、自分のことをお父さんだと思っているんだよ、忘れちゃいないさ、と言いふらす。

（『日記』一八五〇年五月三十一日）

# 農民の角笛

いま午後五時、農民たちが畑に出ている手伝いの人たちに、お茶の時間（＊26）を知らせる角笛が、この丘の上にいても聞こえる。

*26　ニューイングランドではこの当時まだイギリスのティーの習慣が残っており、この時間帯に軽い食事やスコーン、マフィンなどを食べた。

夕方や昼どきには、遠くを歩いていても森を越えて静寂を破るこの音が響き、地平線の一部に生命を吹き込む。田園地帯で人間が出す音として、これは最も暗示に富み、楽しいものだ。この風習はニューイングランドに特有なものなのか、アメリカ全体でどれくらい普及しているのか、私は知らない。私が蒸し暑い昼どきにひとりで森の入り口を歩いていたとき、この音が二、三回、長いこと鳴った。――これは人間の息で鳴らしているもので、朗々と響く部分だけが聞こえた。――そのとき私の心のなかには、次のような情景が思い浮かんだ。雇われている労働者も主人も、いっせいに農機具を畑に放り出し、嬉しそうな顔でいっせいに家に向かって急いだのではあるまいか。掃除の行き届いた凸凹道が目に浮かぶ。簡単なお祈りがあり、湯気の立つ肉が皿に盛られているに違いない。遠方にある「ハチの巣」で、にぎやかな小宴が開かれようとしている。一日のなかで、最も華やぐ瞬間なのではなかろうか。

（『日記』一八五三年六月一日）

# 干し草を作る人たち

現在は、牧草から干し草を作るシーズンのピークだ。どの牧場を見ても、草を刈ったり、寄せ集める人たちが五、六人ほど働いているのが見える。男向きの肉体労働で、腰をかがめて手際よく機械的に作業に従事したり、木陰で休んだりしている。少年たちは、草をひっくり返して陽に当てている。道を歩きながら観察すると、今日は合計六十人から百人ほどがこの仕事に没頭している。彼らは、葉のついた小枝を川のほとりに積み上げている。監督者は、ボスの領地からはみ出さないように用心している。小舟で川を下っている私の近くで、作業員たちが大鎌を振るってはびこった雑草を刈り取る音が聞こえる。ごく近くにある農家の木陰で、家畜の牛馬がしばし憩っている。やがて荷馬車に草が満載されたら、家まで引いて帰る役目が待っている。三、四人が一団になって前後に並び、広い牧場をジグザグに進みながら、きれいに草を刈り取っていく。ときどき大鎌の手を休めて、腰を伸ばす。あるいはしばらく作業をこなしたあと、農地の一角で木陰を見つけて休息する。屈強そうに見える若者でも、樫の木の下で牛の群れに混じり、大の字になって目をつぶっている姿を目にした。水筒を手に、牧場の奥にある有名な泉に向かう者もいた。……

食事を終えた一団は、リーを先頭にまた干し草づくりの作業に戻る。そして畑の真ん中で、クロガシ（黒樫）のそばにある井戸のところで止まる。彼らが去ったあと私も井戸まで行き、バケツの端に付いている黒い革ひもをなめて味見してみた。私は川下りを続けたが、作業員たちは手作業、ないし馬を使って刈った草を横に長く並べ、荷積みをしていた。一人が荷台に乗って踏みつけ、地上にいる者たちが農業用フォークで次々と投げ上げる。フォークからこぼれ落ちた草を、熊手でかき集める者もいる。すべての農民が、できるだけ早く作業を終えたいとがんばっている。しばらくすると、水位が上がってくるからだ。ヘイガーの牧場はそれほど大きくないので、(八月)二日には干し草づくりは終えた、と私に語った。次の大作業は、果樹園の雑草取りなどだ。以前には、干し草づくりを終えればほかにやることはなく、三週間ほど釣りにでも行けたのだが。

(『日記』一八五四年八月五日)

## サイアラス・ハバード(*27)

夏の日焼けがさめて青白くなったが、五千回ほども会ったなじみの顔が、こんどはソリとともに現れた。——ニューイングランドでは誠実な価値ある男として知られる、永遠の自然人サイアラス・ハバードである。彼にはナッツのようなほのかな甘みがあり、ヒッコリー材のような頑強さも備えている。

＊27　干し草が発火して山火事が起こったとき、彼の不動産があやうく被害にあうところだった、という記述が、『ヘンリー・ソローの日々』に出てくる。

彼は、いろいろな面で私を啓発してくれた。言うことに実行力が伴っているし、社会的地位を求めるわけでもない。世の中には、よくできた人間がいるものだ。私たちは愚かにも、実際の人柄より、本人が言ったことを信頼する傾向がある。状況がどれほど困難に見えても、世間がどれほどセチ辛くても、それらには関係ない。それというのも、人間は万物の霊長であって、法律もあやつることができるからだ。社会秩序も、法で規制できる。年輩の農民は、自然や法に服従する。正直な人間がこの世で生きていく姿を見ると、自ずと勇気づけられる。彼は牛に引かせたソリに乗り、知恵者の貫禄を持つが、何十回かの冬を迎えただけで、まだ意外と若い。農民たちは私に語りかけ、私は質問に答える。雪のように明快で、冷徹で、中庸な答えだ。彼は雪を踏みしめるが、溶かしはしない。彼との対面は、それほど強烈な印象は残さない。彼は土や石、木や雪でできてでもいるかのように中庸で、自然で、真実に満ちている。私はこの宇宙で、このような要素を持った仲間たちと会う。

（『日記』一八五六年十二月一日）

# ウェブスター（＊28）の大農園

サウス・マーシュフィールドの湿地帯を通り抜け、ウェブスター家の近くを通り、暑い日中に喉の渇きを覚えながら長い道のりを歩き、やっと弁当を開くのに適切な場所を見つけた。――日陰の草地で、快適だった。近くに轍《わだち》があって狭いのだが、ここのところごぶさたしている小川が道を横切っていた。数多くの小鳥たちも、涼んだり水浴びしたり水を飲むため、ここに集まっている。鳥たちは腹まで水に浸けて、ときどき羽や尾にも水をかけた。頭を潜らせて、全身を濡らす。――そのあとで、近くのフェンスに止まって体を乾かす。次に一羽のゴシキヒワが飛んできて、あとから来たオスほど派手ではないメスとともに、さきほどの小鳥たちと同じ行動を繰り返す。鳥たちは明らかに水浴びを楽しんでいる。――彼らにとっては、必要不可欠な日常行動なのだろう。

ウェブスターの隣人が私に語ってくれたところによると、ウェブスターの地所は千六百エーカー（一エーカーは、四千四十六・八平方メートル）もあり、なおも買い足している（一年以内にさらに畑と工場）のだという。畑の面積は、百五十エーカーある。私も、十二エーカーのポテト畑を見たことがある。ライ麦と小麦の畑も同じくらいの面積で、ソバ畑もそれくらいではないかと思う。アイルランド系の移民を主体に十五、六人が月給十ドルで働いているが、五十人分くらいの仕事をこなしている。監督をやっているのは、マーシュランドに住むライトというアメリカ人だ。ウェブスターはここに滞在する数週間は、ここで取れた作物だけを食べる。——黒パンとバター、ミルクだ。野菜は、ブタの飼料にもなる。食べものは自給自足できるが、飲みものは不足する。

（『日記』一八五一年七月二十七日）

＊28　ダニエル～。前出。

# 資源の保護は柵を燃やすことから

「フローイッジ（flowage）」という単語は、普通、ダムの決壊などによる洪水を意味する。それが起こったのが、コンコードのビレリカ・ダムだった。このダムは、最初は水力発電用に作られた。だがコンコード川とサドベリー川の水量が増えた一方で、ミドルセックス運河の流量が減って付近の牧場で草が枯れ始めたため、やがてこちらに放流されることになった。草地で洪水が起こったのは、上流ペラム島のファーム・ブリッジ付近だった。それ以後、法的な訴訟があったりして歴史的な対立が続き、もめにもめた。工業的な拡張と農民の防衛が正面衝突した、典型的な図式である。アメリカ東海岸では著名な弁護士たちが動員され、コンコードに住むベテラン測量士のヘンリー・ソローが、リバー・メドウ・アソシエーション（河川牧場協会）に請われ、水深や水量の増減に関するデータ集めに当たった。資料は、農民側の弁護士たちの立論に寄与した。

エドウィン・ウェイ・ティール（＊1）

＊1　ナチュラリスト、旅行作家、カメラマンとして、アメリカ、イギリスを舞台に、『冬の放浪――ナチュラリストの北米二万マイルの旅』など、三十点近い著作がある。一八九九〜一九八〇。

## まず、柵を燃やすこと

近ごろは人間の進歩とかいう名のもとに、家屋を建設するために森林の伐採で大木を切り倒しているが、これは風景を損なうだけだ。自然を手なずけはするかもしれないが、安っぽくなる一方だ。私たちは木の柵を燃やしてこのやり方をやめ、森林の復興を図ろうではないか。半分ほど壊れた柵もあるし、草原の真ん中で途切れたものも見かける。ケチな輩《やから》は測量士を伴って境界線を確定したいと躍起になるが、天の裁きは決まっているので、天使が行ったり来たりして途方に暮れることはなく、天国の真ん中でも前に杭が打たれた場所はちゃんと分かる。よく見ると、神は沼の真ん中にある三途の川あたりに立っていて、悪魔たちが取り囲んでいる。神はすでに境界線を発見し、小石が三つ並べられている。杭は取り外されており、近くには「暗黒のプリンスこと魔王」が、測量士として控えている。

『ウォーキング』

## だれもウォールデンは破壊できない

いくら斧を振るったところで、彼らはウォールデンの森に決定的なダメージを与えることはできない。これまでにも最悪の試みをやったが、成功しなかった前歴があるからだ。

（『日記』一八五二年九月一日）

# 野生のリンゴ

野生リンゴの時代は、まもなく終わるに違いない。――古くからある広大な果樹園を散策していると、ほとんどの実はリンゴ酒《シードル》工場に運ばれ、残った実はすでにしぼんでしまった。――だが禁酒運動が勢いを増し、接ぎ木した甘い果実が主流になってきたため、牧場跡などでほかの木々に混じって数多く見かけた野生リンゴは、姿を消しつつある。いまから一世紀後にこの付近の丘を歩く人は、野生リンゴを勝手にもいで食べる楽しみを味わえないのではないか。気の毒なことだ。ほかにも、将来は楽しめないことが多々あるのだろう。ボールドウィン（＊2）が普及して、だれかが運んできてくれるかもしれないが。一世紀前には過当競争でリンゴ酒用の果樹園はいくらか減ったのだろうが、この広大な果樹園が直ちになくなるとは考えがたい。

＊2　接ぎ木して実る、赤くて大きく甘いりっぱなリンゴ。

かつては塀ぎわにリンゴの木を植えるのが流行り、うまく実るかどうかは賭けだったが、いまでは街路樹としてはあり得ないし、あるいは塀ぎわや森の低地などという変な場所に植えたりはしない。現在では接ぎ木で苗木の価格も高いから、家の近くの果樹園にきちんと植えるか、塀の内部に植えるようになった。

（『日記』一八五〇年十一月十六日）

## 自然のためにひとこと

私は、自然のためにひとこと代弁したい。文明社会の限られた自由や文化ではなく、完全な自由と野生を確保する必要がある。――人間は社会の一員である前に、自然のなかに暮らし、その一部を形成する生きものである。私は大胆な声明とは言わないまでも、強調はしておきたい。文明の重要な担い手としては、聖職者、教育委員会などがあるが、ひとりひとりがこの点に配慮する必要がある。

（『ウォークング』）

## かなり堕落した日々

野生動物を保護するためには、住みやすい森に改造しなければならない。そのためには、人間の助けが必要だ。百年前、人びとは森の樹木から樹皮を剥いで道端で売っていた。木々は原始的でたいした存在には見えないかもしれないが、人間の思考を固めるなめし効果があるのではないかと思う。私は自らの生まれ故郷で、かなり堕落した日々があったことを知って、身震いを禁じ得ない。そのころには、かなり捜し回らない限り、厚くて良質な樹皮は手に入れられなくなっていたのだろう。――いまでは、タールやテレピン油も入手しにくくなった。

文明の担い手であった国ぐに――ギリシャやローマ、イギリスなどは、周囲の居住環境にあった原始林を犠牲にして支えられてきた。これらの文明は、土地が疲弊するまでは持ちこたえた。だが、人類の文化とは、なんとはかないものか。野菜に養分さえ与えられなくなった国には、もはや期待が持てない。そうなると、先祖の骨を肥料にせざるを得ない。詩人は自らの体内に貯えた過剰な脂肪を食いつぶしていかなくてはならないし、哲学者は自らの骨の髄をしゃぶって生きていくしかなくなる。

『ウォーキング』

## 家の価値とは何か

男性は大人も子どももいろいろな商売について学ぶが、どのようにして男らしさを身につけていくのだろうか。彼らは、家の建て方を学ぶ。だが、あまりいい家には住んでいない。大方は、自宅に満足していない。ウッドチャック（マーモット）が、自分たちの穴に不満があるのと同じだ。快適な惑星を見つけて家を建てない限り、文句は絶えないに違いない。

（H・G・Oブレイクへの手紙。一八六〇年五月二十日）

## これらの森はいつまで生き延びられるか

私たちの村から四方へ一マイル、一マイル半、二マイルと地平線に向かって遠ざかるにつれて、何が見えるだろうか。——森の連続だ。森がいまだに、ほぼ例外なく居住地域を取り囲んでいる。視界を遮るのは、森だけである。変わったのは、やや遠方に後退した点だけだ。いまだに、野生動物が出没する。このような状況が、どれくらい持続するのだろう。これは、普遍的・永続的な情景なのだろうか。森が減少しているかどうかというのは、興味のある質問ではないし、重要でもない。古い国ぐには、いまだに広い森を保有しているだろうか。

私の家の窓から、どれほど遠くまで森が見晴らせることか。この光景に価値がない、などという者がいるだろうか。古い国ぐには、懸命に庭園や公園を作った。——野生の自然、つまり原始的な面を模倣したのである。

（『日記』一八五二年一月二十二日）

## 高貴な樹が死んだ

今日の午後、フェアヘイヴン・ヒル（＊3）にいたとき、鋸《のこぎり》の音を聞いた。――その直後、崖の上から眺め下ろすと、四十ロッド（約二百メートル）ほど離れた場所で、二人の男が立派な松の木を切り倒そうとしているところだった。

**＊3　コンコードの南方。マスケタキッド川（サドベリー川）沿いにある丘。**

私は、倒れるところまで見届けようと思った。――森がほぼ伐採されたあとも十本あまりの松が残されていたのだが、これが最後の一本だ。十五年ほども、一本だけが威厳を保って緑の地に立っていた。木こりたちは、この高貴な木の幹をかじるビーバーか昆虫のように思えた。だが小型のマニキン（＊4）クラスの横切り鋸では、幹の直径にも足りない。

**＊4　ペットとして飼われるキンパラ属の小鳥。**

のちに計測したところでは、百フィート（三十メートルあまり）はあった。――この付近ではおそらく最も背の高い木で、しかも矢のように真っ直ぐだ。ただし、てっぺんを見て、凍った川やコナンタムの丘との位置関係から判断すると、いくらか丘の方向に傾いている。――木が倒れかかったころから、私はとくに注視していた。木こりたちは、鋸を引くのを止めた。倒れるのを早めるため、傾いているほうに斧の切れ込みを入れて少し広げた。それからまた、鋸を動かし始めた。

――確実に、傾きが大きくなってきた。すでに、二十度あまり傾いている。私は息を呑みながら、どうと倒れる瞬間を待っていた。――だが、私の期待は間違っていた。それからは一インチも傾かず、十五分が経ってもまだ倒れない。枝は風になびいているが、一世紀は倒れないぞ、と誇示しているかのように見えた。風はこれまでと同じように、松葉の間を音を立てながらすり抜けて行く。――マスケタキッド川に覆い被さる樹木としては、最も威厳がある。――銀色の陽光で、松葉が輝いている。――リスの巣がある股のところまでは、まだとても届かない。苔のひとかけらさえ、まだ剥がれ落ちない。――傾いたマストのようで、丘はさしずめ船体だ。根元に巣くっていたマニキン（ここでは木こり）たちは、この乱暴狼藉《らんぼうろうぜき》の現場から逃げ出した。――凶器である鋸と斧は放り出した。巨木はゆっくりと、荘厳に傾き始めた。まるで夏の微風に一時的にそよいで、またなんなく戻るかのように見えた。――だが丘側の枝が扇のように風を生じ、谷間に横倒しになり、ふたたび立ち上がることはなかった。戦士がまとっていた緑のマントをたたむかのように、羽のようにやんわりと着地した。――立っているのにくたびれた、とでもいうように、やすらかに大地に横たわった。

——大地に戻ったのだが、しばらくは耳をすましてもなんの音も聞こえなかった。だがしばらくして、岩に衝突する轟音が遅れて響いてきた。

はっきりと申し上げておきたいのだが、木にしても断末魔のうめき声を上げる。地面に接し、大地とまみえたときの激突音である。しかし現在はまた静けさが支配して、目にも耳にも変化は伝わってこない。

私は、崖から降りて計測した。切り口の直径は約四フィート（十三・二メートル）、長さは約百フィート（三十メートルあまり）あった。私が現場に到着する前に、木こりたちは斧を振るって枝を半分ほど落としていた。形よく広がったてっぺんの付近は、丘の中腹にぶつかって、草でできているかのように損傷していた。——このあたりの若くて柔らかい松ボックリは、あえなく潰されていた。幹には一定の寸法で斧によって目印の傷がつけられ、製材所で丸太に切られる。木が占拠していた上空の空間は、これから二世紀ほどは空いたままだろう。神は、利用しない丸太として立てていたに違いない。

春になってミサゴ（＊5）がマスケタキッド川の堤に戻ってきたら、なじみの止まり木がなくなって戸惑い、無意味に旋回を繰り返すのではあるまいか。メスのほうは、その偉容でヒナたちを守ってくれた松がなくなったのを嘆くに違いない。

**＊5　前出。魚を捕って食べる鷹《タカ》なので、「フィッシュ・ホーク」とも言われるし、「オスプリー」とも呼ばれ**

る。

二世紀もかかってゆっくりと天に向かって完璧に伸びていった植物は、今日の午後、生命をまっとうした。てっぺんで伸びていた若い枝は、ゆるんできた一月の雪のなかで、夏の装いの先駆けを準備しようとしているところだった。村の教会は、なぜ弔いの鐘を鳴らさなかったのだろう。鐘の音もなければ、森の細道に葬列も見当たらなかった。――リスたちは、とっくにほかの木に飛び移ってしまった。――タカたちも、遠くに飛び去った。新たな輪廻《りんね》が始まるが、木こりたちは斧を手に、手ぐすね引いてつねに待ち構えている。

（『日記』一八五一年十二月三十日）

## 私たちの木を切り倒す者

この冬、連中はいつも以上の熱意を持って、私たちの森を切り崩した。――フェアヘイヴン、ウォールデン、リネア・ボリアリスの森など。だが、雲まで切り倒すことができなかった点は、神に感謝しなければならない。

（『日記』一八五二年一月二十一日）

## 斧が私から略奪する

森のなかで、木こりたちの焚き火の跡を見つけた。――その周辺は、雪が丸く解けている。昼どきに、コーヒーを沸かしたのだろう。最近は、さしわたし三フィート（九十センチ）ほどしか雪が解けていない。

この森の様子を見て欲しい。私は、なぜもっと嘆き悲しまないのだろう。私には、それほど直接的な影響がないためだろうか。斧は、私から多くのものを略奪できる。コンコードは、その誇りを刈り取られようとしている。私は確かに、地元の土地との結びつきが弱い。ただ一つの、太いつながりも絶たれてしまった。ウォールデンからも、足が遠のいてしまいかねない。

（『日記』一八五二年一月二十四日）

## 自然の玄関

将来は疑いなく、現在より自然に親しむ生活をするようになるだろう。私たちは花や星、太陽や月ともっとむつまじくなり、うまく利用するに違いない。そしていま私たちの周囲にある自然を支配するのではないか。私たちはいくつかの星にも行けるようになり、宇宙のあちこちでくだものをもぎ取ることができる可能性もある。私たちは地球から収奪せずに、地球をうまく活用することが期待される。神はそよ風のなかやさやぐ葉にも存在し、その声を聞くことができる。私たちはさまざまな形で描かれたり、感知された美と荘厳さのなかで暮らしている。

私たちはすでに、自然の玄関口まで入っている。この天の下で、神々は人間が永遠の命を得ることを企図しているのかもしれない。——多くの星が、花のカーペットを飾り、明るく照らしてくれるのかもしれない。

(『日記』一八四三年八月二十六日)

## 四角と三角

森では、大枝同士が助け合う。私たちはそのような状況を子細に観察するが、眉をしかめるようなものではなく、むしろほほえましい感じを持つ。枝がこんがらかっている様子は、見ていて楽しい。——だが人間が自然のなかに入ってくると、すぐ自然には背を向けてゆがめようとする。不自然で、型にはまったものにしてしまう。よく見ようとして目を洗うと、かえって痛めてしまう。

私はきょう、何本かの松が、さまざまな角度でほかの木々に倒れかかって、列車のダイアグラムのように交錯しているのを見た。自然のこのような面に、私は心を痛めた。風なら倒木を地上に寝かせてくれるのだが、人間はそれほど優雅にはできないらしい。だが、私の目もリスの目も、ごまかすことはできない。私の目に止まるのは、四角と三角だけなのだから。

(『日記』一八四〇年十二月十五日)

## 新しい傷口

面積にすれば一ルード(＊6)もないのだが、地面には新しい削り跡や、消すことのできない傷跡が残っている。これは、遠からぬ過去に人間がいた痕跡を示している。

＊6 一ルードは四分の一エーカー。つまり千十二平方メートル。

(『日記』一八三八年三月十四日)

## 山火事

森のなかで、前年に火事があった場所を歩いていると快適で楽しいと、これまで何回も言ったり書いたりしてきた。地面がほうきで掃いたようにきれいになっているし――完全に滑らかで、汚れていない――小枝が落ちていないので足で踏み折ることはないし、枯れ木や腐った倒木もない。二、三年もすればまたハックルベリーの実がはびこって、鳥や都会人のハイカーたちを喜ばせる。

落雷で森が焼ける場合、その演出家は、人間に対してなんの言い訳もしない。――私が、唯一のエージェントとして代弁する。このような自然災害が起こるのは、格調の高い自然公園である証左なのかもしれない。草や低木の緑色の若芽が芽吹き、焼けた地表から上に向けて勢いよく伸びているなかを歩くと、気分が高揚する。

（『日記』一八五〇年七月一日）

## 天然の牧場

世界中の牧場が野生の状態に保たれているとしたら、これほど嬉しいことはない。しかもそれが、人びとが自らを祝福しようという意図に端を発したものだとしたら、なおさらのことだ。

（『森の生活』から「ベイカー農場」の項）

# 漁業の崩壊

サケ（鮭）、ニシン、エールワイフ（＊7）などは、かつてこのあたりにもふんだんにいた。インディアンたちは、堰《せき》を作ってこれらを捕り、その技法を白人に教えた。魚は食料になったし、肥料としても利用された。だがやがてダムができ、ビリェリカ運河が作られ、ローウェルに工場が建てられて、魚は自由に移動できなくなった。

**＊7　ニシン科の食用魚。**

それでもまだ、ニシンはときどきこのあたりでも見られていたようだ。漁業の崩壊を危惧する漁師の利権代表たちは、大きくなったニシンがいつごろ現れるかを知っていたから、いつごろダムの水を放流すればいいのかを承知していた。またそれから一か月後に稚魚が川を下って行くことも把握していたから、それらが全滅するおそれがあり、彼らは魚の行動習性を一覧表にまとめた。ダムに併設する魚道が十分でない、と指摘する者もいた。もし魚たちが忍耐強く、二、三千年後に　夏をどこか別のところで過ごすようになったとしたら、そしてビリェリカ・ダムやローウェルの工場群が自然の力で瓦解し、底に草の生えた川も浄化されるとしたら、魚たちは浅瀬に群れをなすほど戻ってきて、かなり離れたホプキントン湖やウエストボロー沼にも棲み付くようになるのではなかろうか。

（『コンコード川とメリマック川の一週間』から「土曜」の項）

## 毛皮交易

毛皮交易は、複数の大手企業の手でもう長いこと続けられているのだが、なんとも嘆かわしい商売だ。会社は独占的な事業で大儲けしており、地球の大部分を牛耳っている。連中は失業者たちをラム酒とカネで釣って動員し、際限なく小動物を追いかけては捕獲する。人びとは毛皮を剥ぎ、重ね着して飾り立てる。ファッショナブルな出で立ちで自らの頭を覆い、あるいは公正なことをやっているのだと言わんばかりに、見せびらかす。だが哲学者の皮肉な目から見れば、彼らは毛皮をまとって市街で骨を拾って歩く輩《やから》だ。インディアンは、白人が来て誘惑して品位を落とさせる前は、もっと尊敬に値する生活をしていた。ハドソンズ・ベイ会社《カンパニー》が、マスクラット（＊8）やイタチの毛皮を毎年どれほど倉庫に蓄積したか、考えてみて欲しい。そして毛皮を剥いだ赤い死体を、イギリスの植民地アメリカのいたるところで川べりに放置した。これが、イギリス領アメリカの典型的な実態である。大英帝国は、この地でネズミ取りをやったのだった。

＊8　ニオイネズミ。原文はmusquash。おそらく、イヌイットのアブナーキ語。

私たちは、ビーバーのすぐれた能力をさんざん聞かされている。だがそれはお追従《ついしょう》であって、ビーバーの知性に感心しているわけではなく、ビーバーの毛で作った帽子を褒めたいのにほかならない。

男性が大人も子どもも、マスクラットやミンクを撃ったりワナを仕掛けようと走り回っている姿を見ると、気の毒だと思わないにしても、情けなくなる。だが、天下に名だたるハドソンズ・ベイ・カンパニーやノースウエスト・ファー・カンパニーの威光によって、何千人もが雇われ、似たような契約を交わしている。一方にハドソンズ・ベイ・カンパニーがあり、もう一方には、パリの地下下水道掃除人とも言えるネズミにも似た下司《げす》な捕獲者がいる。伝染病を媒介する元凶として、ネズミを煙で追い出すとか毒殺するのであれば、言い訳は立つ。だがこの場合、舞台ははるかな辺地カナダの北端ハドソン湾だ。ほうっておいてやるべきだ、と思う。時間的にも距離的にもかなり離れていて、想像もしにくい場所だ。そのようなところが「聖地」に指定され、小動物たちは戯れに追われるどころか、徹底的に捕獲されている。この趨勢に歯止めをかけるための立法努力も再三おこなわれていて、常識や良識がいくらか残されていることを示してはいるが、顕著な効果はない。さえずっている鳥を撃つアブナー（＊9）が一人だけなら罰金を取られるが、ハドソンズ・ベイ・カンパニーの傘下にいる大勢のアブナーたちを勇気づけることになってしまう。

＊9　旧約聖書サムエル記に出てくる、イスラエル軍の司令官アブネル。

（『日記』一八五九年四月八日）

# 去勢された国

私はかなりの時間を費やして、野蛮な隣人である野生動物の習性を観察してきた。彼らのさまざまな動きや季節移動を見ていると、たちまち一年が過ぎる。大いに関心をそそられるのは、ガチョウの飛翔とかサッカー（＊10）の移住などをはじめ、ほぼ無限にある。

＊10　北米に棲む淡水の食用魚。

だが思うに、高貴な動物ほどこのあたりから姿を消していく傾向にある。——たとえば、クーガー（＊11）、パンサー（＊12）、リンクス（オオヤマネコ）、ウォルヴァリン（＊13）、オオカミ、クマ、ムース（オオヘラジカ）、シカ、ビーバー、ターキー（シチメンチョウ）などである。

*11　アメリカライオンとも言われる、ネコ科の大型動物。
*12　アメリカピューマとも言われる、ヒョウの仲間。
*13　クズリ（屈理）。イタチ科の肉食哺乳動物。

私は、飼い慣らされた動物たちに囲まれ、まるで去勢された国に住んでいるような気分になる。これら大型野生動物の行動形態には、ますます希少価値が生じているのではないか。私がなじんでいる世界は、擬似的で不完全なのではなかろうか。私は、すべての戦士を失ったインディアンの種族を研究しているような気持ちになる。森も牧場も表現力を失い、小さな森にはもはやムースが棲息せず、ビーバーも見当たらないのではなかろうか。さまざまな音や鳴き声を聞いていたころには、動物の移住や、春になると生え代わる毛皮や羽によって季節の変化を悟った。これこそが、自然のなかに身を置く私の人生そのものだった。私が一年と呼んでいるこの自然現象の一巡が、いまや嘆かわしいことに不完全なものになってしまった。

（『日記』一八五六年三月二十三日）

## 森やハックルベリーの野があってもいい

あらゆる町に、面積が五百エーカーから千エーカー（＊14）はある公園、ないし原生林が一つは必要だ。その自然環境は公的な資源だし、教育やレクリエーションのためでもあるから、枝を折って燃料にしてはならない。

**＊14　一エーカーは四千四十六・八平方メートル。**

牛の鳴き声が聞こえるし、教会や聖職者用の資産もある。だが私たちが欲しいのは、一般の人びとのために永久に確保された憩いの場所と資産である。「新世界」は、新鮮なままに保っていなければならない。田園生活の利点を、断固として保持する必要がある。町の貧しい人びとのためには、牧場や草原、森がある。豊かな人びとのための森や、ハックルベリーの野原があってもいいではないか。中央に湖があるウォールデンの森（＊15）は永久に私たちの公園であってしかるべきだし、人家のない四平方マイル（十・三六平方キロ）ほどもあるイーストブルックスを、私たちが共有するハックルベリーの原野にするのも一案だ。

**＊15　ソローはここに丸太小屋を建てて一八四五〜四七年の二年間ひとり暮らしをし、名著『森の生活』を**

書いた。

もしこの広大な地所の地主のだれかが、子孫もなくこの世から去るのであれば、その名を永遠に残すために、権利を放棄して公共の財産とするのが賢明なやり方だ。個人が相続しても、継承者はすでに大金持ちであるかもしれない。資産をハーヴァード大学などの機関に寄付する人もいるだろうが、コンコードの森やハックルベリーの野として寄贈する人がいてもいいのではないか。町というのも、長く記憶されてしかるべき組織である。私たちは、自分たちの教育制度を誇りにしている。だが、校長と校舎だけがすばらしいだけではだめだ。私たち一人ひとりが校長であり、宇宙全体が校舎である。学校の教室で机の前にすわって、風景に目を向けないのはナンセンスだ。

もし外に目を向けなければ、立派な校舎も牛の放牧場のなかに取り残されてしまうことになる。

(『日記』一八五九年十月十五日)



## 鳥類の保護

鳥類の保護が問題になるとき、議会はあまりあてにならない。活動的な議員にしたところで、自分のところの収穫が大事だから、どれくらい虫がついているとか、サクランボがどれほど実っているかなどに関心があるだけだ。鳥の習性とか羽の色、歌声などについては学ぼうとしない。議会が鳥を保護するに当たっては、色の美しさはあまり関係がなく、虫を退治する益鳥であるかどうかなどが決め手になる。たとえて言えば、ジェニー・リンド（＊16）のように優れた歌手が役に立つか害をなすか、排除すべきかどうか、といった議論をしているようなものだ。

＊16　**イギリスのオペラ歌手。コロラチュア・ソプラノ。生まれはスウェーデンで、本名ヨハンナ・マリア。ニックネームは「スウェーデンのナイチンゲール」。一八五〇年から二年間、アメリカ各地で公演して人気を得た。一八二〇〜八七。**

したがって、検討委員会のメンバーを選ぶ基準は、鳥の鳴き声を聞いたことがあるかどうかではなく、鳥の胃袋を検査して農民や園芸家に害を与えていないかどうかを調べられるとともに、生存を許せるかどうかを決められる人物でなければならないことになる。

（『日記』一八五九年四月八日）

# 私たちの博物館

この町がインディアンから白人に引き継がれた当時を目撃しているほど古い樫の木を、私たちは何本か切り倒してしまった。そして私たちは博物館を建てたのだが、そこに展示されている品のなかには、一七七五年にアメリカが分捕った、あるイギリス兵士が携えていた弾薬箱があったりする。

（『日記』一八六一年一月三日）

## 人間が空を飛べないのは幸運だった

すべての町に美観を損なわないよう監視する委員会があれば、高く評価できるのだが、と思う。もし、郡内で最大の丸い岩があるとすれば、それは個人の所有にすべきではなく、個人住宅の踏み石にも転用してはならない。多くの国ぐにで、貴金属は王冠に使われる。同じ論法でいけば、アメリカでは、希少価値のある高貴な自然は国民に帰属すべきである。

川は、水路はもちろん、両岸を含めて公共のハイウエーにすべきだ。川の効用は、水面を航行するだけではない。

町の行政区画内に山があるとして、そのてっぺんを想像して欲しい。――山頂は、インディアンにとっても神聖な場所だ。そのようなところが、個人所有の地所を通過しなければ行けない、などということになって欲しくはない。いわば、神社に行くのに他人の庭を通って行かなければならないようなもので、したがって他人の牛を押し出したりなだめたり、というトラブルのもとにもなる。それどころか、神社自体が個人の所有にでもなっていて、放牧地に割り込んできたとしたら……。だが実際には、そのようなことがひんぱんに起こっている。

ニューハンプシャー州の法廷では最近、自分たちに決定権があるかのような裁定が出た。――つまり、ワシントン山の山頂がAという人物に属するかBに属するか、という問題である。Bのものという結論が出たのだそうで、その男は冬のある日、しかるべき役人とともに登頂して所有宣言をしたという。だが私に言わせれば、ワシントン山の山頂は個人の所有物にすべきではない。謙譲の美徳から言っても尊厳ある場所柄から言っても、特定の個人に帰属すべきものではない。あるいは、地球は現在より有効な利用法があるはずだ、とも言える。いまどき神社などを引き合いに出すのは、やや時代錯誤で、ことばのあやに過ぎない。人びとはそれほど信心深くないし、偶像崇拝を連想させてしまう。……

現実には、大部分の人間は自然など意に介していないように思われるし、居住地域の自然美をがっちり売りものにし、代金を得ている。――だが多くの者は、いっぱい飲むために使ってしまう。人間がまだ空を飛べないことを、神に感謝すべきだろう。（*17）

＊17　人間には羽が生えていない、ということもあるが、「まだ」というのは、飛行機が発明される前のことだからだ。ライト兄弟の初飛行は、四十二年後の一九〇三年。

空は地上と同様に、いまだ十分に開発されないままだ。したがって、いまのところ、空から山頂に舞い降りることは考える必要がない。

（『日記』一八六一年一月三日）

# 道のおもむくところ——地域社会の成長

アメリカに最初に移住した家族は「世界中が聞き耳を立てた銃声を発射した」連中で、その子孫たちは一八四六年の時点でも相変わらず、ごく初期に開拓し、代々守ってきた農地を耕していた。つまり、農耕社会だ。——だが、それは変貌しつつあった。

産業革命が、大規模に進行していたからである。中西部の肥沃な土地で生産される農産物は、東部にある大都市のマーケットに大量に流れ込んだ。その少し前に開通した鉄道のおかげで、コンコードはボストンと直結した。その余波で、農民の伝統的な暮らしが土台から揺さぶられることになった。だが一方で、インテリたちの運動に刺激を与えた。……人びとの意識も変革を迫られ、物質文明の拡大に伴って、ユートピア的な社会が理想像として追い求められた。アメリカ大陸を征服したいという熱意が最高潮に達し、奴隷問題をめぐって国家が二分しそうな気配が強まった。暴力が勢いを得そうな情勢が予測された。

だがここニューイングランドの静かな社会では、絶望よりも希望が勝る反応を示した。

——ポール・ブルックス（＊1）

＊1　『コンコードの人びと』（一九九〇）からの引用。

## 村々

いくつもの道が、村へと導く。川の流れの途中で広い湖に出たような感じで、公道が広がる。村は胴体で、道が手足だ。――取るに足りないところにも道があり、道行く人がいる。村（village）ということばは、ラテン語の　villa　に由来している。「道」という意味のvia、あるいはもっと古い時代には　ved　ないし　vella　とも言われた。Varroは「運ぶ」という意味のvehoからきていて、villaはものを運び入れたり運び出したりする場所のことである。協同して仕事をする人たちが　vellaturam facere　で、ラテン語のvilis、つまり英語のvile（ひどく悪い）ないし　villain（悪漢）に当たる。これからも分かるように、村人はかなり堕落した存在だと認められていることになる。彼らは自らは旅をしないものの、旅人に追い越されたり乗り越えられたりして、くたびれ果てた存在なのである。

（『ウォーキング』）

## 不法侵入

現在このあたりを散策して風景を楽しんでいる人たちは、割に自由な空気を満喫し、神の恵みに感謝している、と私は信じている。――だが彼らが予測する将来においては、おそらく「遊園地」的なものに小分割され、所有者などごく限られた者しか楽しむことができないあわれな状況になっているのではないか、と彼らは危惧している。神が作った地表を歩けば、だれか他人の土地に踏み込んでしまうことになる。塀の囲みをもっと厳重にしたり、ワナなどを仕掛けたりして、人びとを公共の道路以外の個人の所有地には入れまいとする。しかしアメリカには、まだ広大なスペースがあるのが救いだ。

（『日記』一八五一年二月十二日）

## 古い曲がりくねった道

七月二十一日、午前八時。

午前中は快晴だった。花に群がるチョウは、それ自体がもっと大きな花のようにも見える。私は、町なかから郊外に延びる、乾いて人影もない古くて曲がりくねった道をなつかしく思い出す。この道は誘惑からも逃れさせ、地球の外殻さえ突き破って宇宙にまで導き出してしまう。宇宙に出てしまったら、なんという国を歩いていたのか、などということは忘れてしまう。ここでは「牧草を踏み潰したな」と文句を言う農民もいなければ、他人の地所に入り込んでニワトリを失神させ、ドロンを決め込むような輩《やから》もいない。――この道をたどりながら、とくにどこへ行くあてもなく、巡礼者のように歩く。ほかの人と出会うことは、めったにない。精神が自由な状態にあるときには——壁や柵が気にならないときには——足が地に付いていても、頭は宙に浮いている。——体が、ものすごく伸びている状態だ。したがって半マイル（八百メートル）先をこちらに向かって歩いてくる人物を感知でき、出会いに備えることができる。——土地がそれほど肥えているわけではなく、人びとを魅了するほどではない。根や切り株が垣根代わりに並んでいても、とくに注目はされない。——歩いている者が、足を止めて見惚れるほどのものはない。——しかしずっと歩いて行くと、何か考えさせられるものがある。——どちら向きに歩こうと、朝であろうと晩であろうと、昼であろうと夜中であろうと、まったく関係はない。——地球はみなのもので、決して高価で手が届かないものではない。自由に歩き回りながら、思いのままに考えをめぐらせ——進歩したかどうかを思い患う必要もない。胸に込み上げる思いとムードに合わせて、歩みを続ければいい。だれかとの関係がうまくいっているかどうか、その人と食事したり会話するのを控えるかどうか、も関係ない。ひたすら歩きながら、地上で最も高いところまで舞い上がることができる。

（『日記』一八五一年七月二十一日）

## 歩くのはたやすい

私は十マイルでも十五マイルでも二十マイル（三十二キロ）でもそれ以上でも、難なく歩くことができる。家を出てからどの家の近くも通らず、キツネやミンクなら横切るかもしれない道路も渡らず、最初は川沿いに、やがて小川と平行して進み、牧場や森の隅をかすめる。この近所には、何平方マイルかにわたって、だれも住んでいない場所がある。いくつも丘があって、そこから文明の姿や、遠くに住む人びとの住宅を望むことができる。農民たちの姿や彼らの作業の成果は、マーモットや彼らが作った穴ほどにしか目立たない。人間が関わることは、教会にしても州にしても、学校や商業にしても、工業・農業、それに最も警戒すべき政治など、いずれの分野も、おしなべて風景のなかではほとんど取るに足りない存在であることを知って安心する。政治といっても、実に狭いものだ。政治につながる道は、さらに狭い。私はときどき、そちらに向かって行く人たちに指示を与える。政界に入りたいと思うなら、もっと広い道をお歩きなさい。――商売人の後を歩いて、彼が立てたほこりを目に入れなさい。そうすれば、行くべき道を示してもらえるに違いないから。そうなれば道程ははっきりし、道幅も取らない。私は豆畑から森に入るように、政治から遠ざかっていく。そして、もう忘れてしまった。三十分も歩けば、私は地上の別の部分に到達する。人びとはそこでは、今年と来年にまたがって立っていたりはしない。政治は人間がふかす葉巻の煙のようなものだから、ここには政治など存在しない。

『ウォーキング』

## コンコードにも電報が届く

一両日のうちに、磁気電報を通じて、この町に最初の電報が伝えられる、というか送信されてくる。——思想が、空を飛んでくるのである。——この町で、そのようなことを意識している者はだれ一人いない。大気中には多くの電報が飛び交っているのだが、これまただれも気づかない。

(『日記』一八五一年九月二日)

## ハープのように

電報を伝える電線の下を通ると、頭上はるかに高いところで、電線が揺れてハープのような音を立てている。——これは遠くの華やかな生活を伝える音で、天上の生命が舞い降りて来た音でもある。——そして、私たち人間の格子窓を振動させている。

(『日記』一八五一年九月三日)

電報のハープ音は、これまでのだれの話し声よりもはっきりと効果的に私に伝わってきた。

(『日記』一八五二年三月十五日)

# ホズマーじいさん

ジョゼフ・ホズマーじいさん（前出）は、きょうも私を手助けしてくれた。彼はかつてこのあたりの事情には精通していたが、——やがて地所が細分化され、森の木々も大きく育ち——さっぱり分からなくなってしまったと言う。三十年か四十年前には、集会に行けばすべての顔を知っていた。——少年・少女も親にそっくりだったから、すぐに判別できた。しかしそれから十年ないし十二年ほど経ってこの世代が大きくなったころから、識別ができなくなった（あまりにも大きく変貌したためで、むかしなじみの顔はちゃんと分かる。年輩者は自分の顔ができ上がっていて、もう変化しないからだ）。同じように、木々が切り倒されていない昔からの森の境界線はよく覚えている。だが若木の森は二、三年のうちに大きく変化してしまうので、ついて行けなくなる。

私が、古くからあるこの道はなぜ沼のところでこのように大きく迂回しているのかと彼に尋ねたところ、だれがしかが前に教えてくれたのだと言って、こう教えてくれた。はじめから真っ直ぐにしておくと、改良する余地がなくなるからさ。

（『日記』一八五一年十一月十九日）

## 腰の落ち着かない農民たち

ほかの何にも増して、鉄道の開通が農民の腰を落ち着かせなくしているように思える。わがコンコードの若い農民および彼らの若い奥さん方は、鉄道のために気もそぞろである。――さまざまな世間の実態を、ぜひ見たい――仕事で毎日、都会に出て行く者もいるし、カリフォルニアに出張する者もある。――要するに、昔ながらの落ち着いた田舎の農夫に徹することができずにいる。――線路から一マイルあまり離れたところに住んでいると、もう我慢できない。だれもが鉄道に熱を上げているにもかかわらず、性格的な好み、あるいは勇敢であるために、線路から離れて住みたい者はほとんどいない。そのような人は、世界で何が起こっているかをよく知っていながら、そこに深入りしたくないと考えているに違いない。

(『日記』一八五一年九月二十八日)

## ドングリも減るばかり

マイノット(前出)は、トウモロコシの皮をすべて手でむしる。製粉工場へ運ぶ箱は、すでに一杯だ。彼は分別するにも、ふるいなど使わない。もみがらなど、どんな利用価値があるんだ、と彼は反論する。彼は、そのまま放置しておく。そのほうが、早く乾燥する。彼によると、ジェイコブ・ベイカー（＊2）のトウモロコシは、ほかの農場の産品と比べて遜色のない品質だという。――彼は収穫のすべてを、家畜の飼料に使ってしまう。――そしてパンを焼くためには、南部の黄色くて平べったい品種を買う。――だが北部のトウモロコシのほうが、収量は多い。

＊2　コンコードにある大農場。『森の生活』では、「ベイカー農場」が一つの章になっている。ソローは、ウォールデンの森で暮らす前に、このあたりも候補地の一つとして考えていた。

マイノットは現在のような農業のやり方に賛成ではなく、その点では私も同感だ。――ベイカーは、「ショーツ」という種類のトウモロコシを大量に購入する。牛乳の出をよくするためには、不可欠なのだという。

いまE（エドモンド）・ホズマーが住んでいるところに暮らしていた（ハリエット・）プレスコットは、秋になるとブタを森で放し飼いにしていたことを、マイノットはなつかしそうに話す。――ブタどもは、たっぷりとドングリを食べて太る。だがいまではドングリの数も減ってしまったし、だいたい放し飼いが違法になってしまった。

マイノットは、彼が子どものころからほとんど変わっていない場所が森のなかに残っている、と話している。——彼の生活と同じく、まったく自然そのもの、という個所だ。——彼自身は、ある意味では子どものままのところがある、と自ら言っている。しかしリスの数は、十分の一に減ってしまったそうだ。彼の表現によると、地球はほぼひっくり返ってしまったのだという。

(『日記』一八五一年十月十二日)

## アクトン(＊3)記念碑

アクトンの山小屋の近くに建てられた新しい記念碑は、細長くて煙突を思わせる建造物で、空に向かって黒くそびえている。

**＊3　マサチューセッツ州。コンコードの西。**

私はこの煙突状の記念碑(あるいは細長い柱はすべて)を見ると、死んだデイヴィスやホズマー(＊4)——そしてアメリカ革命(＊5)に挺身したコンコード出身者たちのことを思い出す。

＊4　ジョシュア・デイヴィス。ホズマーは前出。

＊5　独立戦争（一七七五～八三）に至る、イギリスからの独立運動。ソローは、独立戦争で戦死したジョゼフ・ウォード大佐の未亡人や娘とも付き合いがあった。

この素材はおそらく平らな大きい石で、苔に覆われていたのではあるまいか。――古い農家の門に据えられているのと同質の石材で、これを引いてくるためには町中の牛が動員されたに違いない。――このように長い柱は、アビシニアやヌビア（＊6）では見られるかもしれないが、このミドルセックス郡（マサチューセッツ州）ではまず目にしない。

＊6　アビシニアは現在のエチオピア。ヌビアはスーダン。いずれもアフリカ。

当地では、才能ある人びとを記念するために、このように天高くそびえる碑は建てない。このアクトンの尖塔は、愛国者を空中に蒸気として逃がすためのものだ。――閉じ込めておくと、動植物に悪いのかもしれない。デイヴィスやホズマーの記念碑であれば、市庁舎の石段にしておいたほうが似つかわしい。

（『日記』一八五一年十一月九日）

## 人影のない田舎

老ジョゼフ・ホズマー氏は、かつてハドリーが住んでいた場所で暮らしている。――ホズマーが回想しているところによれば、かつてこのあたりには現在の二倍から三倍もの住人がいたという。ホズマーの地所の前あたりには、鍛冶屋が店を開いていた。ホズマーの記憶ではゴールドスミスという名(オリヴァー・ウィーラーの誤りか)で、道が二股に分かれるあたりに住んでいた。それからちょっと先のターベル家の前、――南側には果樹園があった。――さらにその先、旧道の右ジレッドのハーブ畑付近には、ネイザン・ウィーラーの家があった。――ターベルとJ・P・ブラウンの家の間、ローリングスには酒場があった。ドッジの小屋が店になっていたが、ダービーにある本宅と同時に焼けてしまったようだ。そのころは、それぞれの農地もあまり大きくなかった。――いまでは、昔の二、三軒分を一つの農家が持っている。私たちは、人影の見えない田舎を歩く。

(『日記』一八五一年十一月二十一日)

## 商売をする場所

この世は、商売をする場所だ。――なんと、つねにあわただしいことか。私はほとんど毎晩、蒸気機関車が激しく蒸気を吐く音で目を覚まさせられてしまう。そのたびに、私の夢は破られる。安息日などない。——のんびりした人びとの姿を見ることができれば、すばらしいことなのだが。

(『日記』一八五二年三月四日)

## 鉄道(*7)

鉄道関係の人たちは、いまみんな大忙しだ。——風が暖かくなって、ルリツグミの姿を見かけるようになったし、鳴き声も聞こえる。深い窪地では、砂が舞っている。——私は湿った赤い砂や、砂が混じった土の下にある路床土——タールを塗った松材の枕木の下——を見ると、感慨を催す。鉄道というものは、おそらく道路のなかで最も楽しく、野性的なものだろう。丘をも削って、その間を通過する。その周辺には民家もなければ、歩行者もいない。鉄道に乗って旅している限り、気にすべきことは何もない。森の木々の枝が頭上にかぶさっていても、どうということはない。

真っ直ぐな鉄路は野性的だし、周辺は手が加えられていない。鉄道で働いている人たちも、ほかの労働者たちとは違う。——付近に家があったとしても、掘っ建て小屋だ。あるいは小屋の残骸があったら、鉄道建設にたずさわった人びとが暮らしていた跡だ。彼らが食べ残した骨が、そのあたりに散乱している。鉄路の両側に木の水路が作られ、そこに水が流れている音がうれしい。雨がちなときにも濡れずに旅できるし、雪の日にも容易に移動できる。鉄路は、地表を打ち破った。車窓からの風景もいい。——小屋から立ち上る煙に、今日はとくに感じ入る。鉄道の周辺にできた水たまりに松林が映り、夏の湖を私に思い起こさせた。

（『日記』一八五二年三月九日）

*7　**フィッチバーグ鉄道は、東はボストン方面に通じ、コンコードの中心部を通過して西に向かう。**

## アメリカは期待できる若い国か

ミル・ロード南部のミニストリアル湿地（*8）で、午後三時。

*8　**コンコードの南西部。**

J・ホズマーの家からちょっと行ったところで、丘の麓《ふもと》に立っていた私は、西側の平原を通してアクトンの方角を眺めていた。——隣り合う農家といっても半マイル（八百メートル）近くも離れていて、家はまばらで寂しげだ。あちこちに森が広がってはいるものの、大方はだだっ広い平地だ。——まことに、辺地といってもいいほどだ。子どもたちが通う学校も遠い。——活気には乏しい暮らしだが、元気づけてはくれる。永続性はあるが、あまり将来性は感じられない。郵便局を経由して週刊新聞は届くが、新婚の若奥さんは退屈で時間を持て余す。若者も、頼りは馬だけだった。

若いJ・ホズマーの例を見ても分かる。夫妻は都会暮らしのあとでここに戻ってきたのだが、奥さんは泣きの涙だった。私はターベルの家がある道にたたずんでいるが、彼ひとりの力では事態の改善はできない。冬の間、道行く人たちは曲がりくねって殺風景なそり道をたどるだけだ。春は晴れ上がって、本来の姿に戻る。老人は、鈍化して長くは生きられないと思うかもしれないが、若者たちは大いに張り切って、郵便局や講演会などに足を運ぶ。彼らはジッとなどしておられず、カリフォルニアあたりまで出かけて行く。長距離バスの発着所が、ここから一マイルほどのところにある。

ウサギやヤマウズラは大いに増えているし、ジャコウネズミもふだんの年より多い。——だが、農民の息子で家業を継ごうという者はいない。——そして、リンゴの木々は枯れつつある。どの農家の地下室にも、穴が開き始めている。家事手伝いの女性たちも、仕事を辞めて自分たちの生活をしたいと考えている。——彼女たちは、もう二十年もこのような希望を持ち続けている。あばらやでも、ひと部屋あればいい。かつてはインディアンが住み、はるか昔に取り上げられた土地に。——そして現在は、農業がすたれようとしている。——森や穀物畑はどうなるのだろうか。畑は草っぱらになってしまうのか。——フランス系カナダ人の猟師アーノルド一家が住み、パン屋と肉屋だけが訪問していた家は（少なくとも肉屋は毎年、子牛のために訪れていた）——そして彼が戻ってくると、牛が遠くで啼《な》いた——コンコードの村が外に向かって発展することはまずないのだが、あるとすればハックルベリーの季節にだけ、野放図に広がるだけかもしれない。これ以外には、ちょっと考えられない。フクロウたちは、絶えずセレナードを奏でている。——ここに立ち止まって風景を眺めていると、これが活動的で商業主義に徹して世界に名高い、希望に満ちた若いアメリカであるようには見えない。——だがこれが、どっしりと定住したヤンキー居住地域の現実の姿なのである。

（『日記』一八五二年一月二十七日）

## この川（＊9）を見よ

河口に砂州があるため、この川は商業目的にむいていない面があるかもしれない。だがむかしから、産業面では大きな貢献をしてきた。フランコニア（ニューハンプシャー州）の鉄鋼地帯に発し、原始林の間を流れ、延々と続く花崗岩を両岸に見、水車用の貯水池としてはスクウォーム、ウィニピシオジー、ニューファウンド、マサベシック（いずれもニューハンプシャー州）などの湖を通過する。

**＊9　メリマック川。ニューハンプシャー州南部のフランクリンで、ペミゲワセット川とウィニペソーキー川が合流してこの名になる。マサチューセッツ州北東部のニューベリーポートで大西洋に注ぐ。**

このような天然のダムがいくつもあり、周辺の人びとに恩恵をもたらしてきた。だがヤンキーがやって来て、この川を「改良」してダメにした。河口に立って光り輝く上流を見渡すと――銀色の滝のような流れが、ホワイト山から海まで流れているのが分かる。――丘陵が続いていて、その頂上には町がある。よく眺めて見るがいい。毎年、秋になると人間というビーバーが集まって、ひとときわあくせくと動いている。ニューベリーポートは言うまでもなく、ヘイヴァーヒル、ローレンス、ローウェル、ナシュア、マンチェスター、コンコードなどいずこでも同じで、輝きを放っている。（＊10）

＊10　ナシュアはニューハンプシャー州、あとはすべてマサチューセッツ州。

これらの都市からすべての工場が姿を消せば、土地は平らになるし、川の水も汚されずに、穏やかに海に注ぎ込むことが可能になる。川にまとわりついているものといえば、名だたる名称だけだ。楽しげな水流の軌跡は、川面に朝霧がたれ込めているためにそれと分かる。ヘイヴァーヒルやニューベリーポートで商売する小型船が、何隻か行き来している。だが本当に貨物輸送に従事しているのは鉄道で、鉄路はさらに南に延びているが、丘の間に長い煙をたなびかせているためその軌跡が知れる。朝は凪《なぎ》があるため、ほかの時間帯ならボストン沖に流れていくはずの煙が、なかなか四散しない。いまこちら側では、蒸気の大きな音が聞こえる。魚を狙っているミサゴのけたたましい鳴き声の代わりに、田園に進歩をもたらす蒸気機関車の汽笛がするどく響く。

（『コンコード川とメリマック川の一週間』から「日曜」の項）

## バラの匂いでは勝てない

かつての果樹園で、いまは荒れ果てた場所を歩いていた。現在は半ば草原で、半ばハックルベリー畑という状態になっている。——芳香がするが、どこから漂ってくるのか分からない。家から道にあふれ出てくる不潔な臭いと比べると、はるかに純粋で甘い香りだ。夜の空気が重く感じられて、不快なことがよくある。前庭のバラの匂いは、沼や豚小屋、裏手にある牛の放牧場や密造酒から流れ出る異臭を上回るほどの力はない。

(『日記』一八五二年六月二十三日)

## 煙は天に昇る

森のどこにあるのか不明だが、農家から渦を巻いて煙が立ち昇っている。――近くで観察するよりも詩情があるし、田園的で生活実感がこもっている。――松葉や樫の木が呼吸してらせん状に水蒸気を排出するにつれて、煙はゆっくりと昇っていく。下の暖炉で主婦が火を焚くと、煙は急速に輪になる。――人類の伝記の、現在の章だ。――そして、帽子に付いている羽のように揺らいでいる。――空の下では、ある企みが進行している。巧みな仕掛けが作られているらしいが、目で確認できるのは、まだ先のことだ。――やかんのお湯が煮え立つ以上のにぎやかさで、秘密が暴かれるに違いない。

(『日記』一八四一年十一月十五日)

## 移民たち

現代社会のある断面を眺めるうえで、私はきわめて有利な場所に来ている。――西部に向かう移民の推移を見守りやすいところにいるからだ。七月四日の独立記念日には、千六百人が検疫所に到着した。私がここにやってきてから、ほぼ毎日これに似た状態が続いている。彼らが体や衣類を洗っている姿はよく見かけるし、多くの男女や子どもたちが、あまり人影の多くない波止場に集まり、手足を伸ばしたり深呼吸したりする光景にもなじんだ。子どもたちはかけっこをしたり、踊ったりしている。――人工的に作られた自由の地の上で。――船のほうは、まだ消毒作業が完了していない。彼らは一日か二日ほど足止めを食うかもしれないが、そのあとは（ニューヨークの）町に出て行く。だが、ここに上陸したという実感はないだろう。

（ニューヨーク湾にあるスターテン島［*11］で、妹ヘレンへの手紙。一八四三年七月二十一日）

*11　ヨーロッパから船でアメリカへ入国する移民たちは、ここを経由してアメリカの土を踏んだ。

私は、この湾を二十回も三十回も行ったり来たりした。その間に、はじめて（ニューヨークの）町にやってくる、おびただしい数の移民たちの姿を見た。――西部に携えていく、古くさい農具を持つノルウェー人のグループがいる。彼らはごまかされるのがこわいので、ここでは何も買わない。――イギリスの職人は、青白い顔色と汚れた両手でそれと知れる。彼らはほんのちょっと太陽と風に当たれば、生まれながらの権利を取り戻すことができるだろう。——アスターハウスに向かうイギリス人旅行者たちに、私はいくらかの情報を与えた。——移民の一家全員が、道端で夕食の準備をしている光景も見た。みな、たっぷり日焼けしていた。きちんと洋服は着ているのだが、どこまでが衣類でどこからが露出した顔なのか、判然としなかった。さらに体にいろいろ巻き付けているので、全体が包帯を巻いた指のように見えた。頭にかぶっている帽子は毛髪で編んだかのようで、どんどん伸びていくのではないかと思われた。——だれもが料理の鍋に夢中で、ときに中を覗き込んでフォークの手を休めたり、材料を追加したりする。そして、代わりに何かをすくい出す権利を得る。彼らは決して卑《いや》しくはなく、生真面目そうだ。彼らはウィスコンシン州に着いたら、立派にやっていくことだろう。——そしてその体験談を、子どもたちに伝えていくに違いない。

**（スターテン島から兄ジョンの未亡人［＊12］への手紙。一八四三年十月一日）**

**＊12　ジョンは前年に、破傷風で急死している。**

## 永続する道

プライス・ファーム・ロードは永遠に消滅しない道路の一つで、八月の昼下がりの陽光がここに照り映え、惰眠をむさぼるかのように楽しげだ。くたびれた旅人と同じく、道全体がふざけて伸びをしている姿を連想する。砂地についた三本の轍《わだち》――二本は馬車の車輪で、もう一本はその間についている馬の足跡だ。――窪んだ轍のほかは、雑草がはびこっている。道の両脇には、ハックルベリーやカバの木が生い茂っている。轍の端では土が盛り上がっているが、必ずしも轍と平行についているわけではない。金色にも見える黄色の道が、ずっと連なる。ひところは両脇をニレの木が両脇を縁取るかと思われたが、ずっと前に消滅してしまった。この道のどこを歩いても、町からはかなり離れていることを実感するはずだ。

（『日記』一八五一年八月二十三日）

## 町の境界線

午後三時。ベア・ヒルを経て断崖に行く。自分の調子と健康を取り戻すために、原野を歩いた。――一週間ほど町にいて境界線の調査にたずさわり、つまらない場所で凡庸な人びとと付き合い、くだらない仕事に従事していた。ある意味では、自殺した気分だった。したがって、ふたたび現実の姿をそのまま感知でき、素朴な生活に戻れるのが楽しみだった。またもや、アドメテス王に仕えるアポロン（＊13）のギリシャ神話が、現実になったかのようだ。この寓話は、かなり普遍性を持っている。

＊13　テッサリアの王アドメテスは、人を厚くもてなすことで有名。ゼウスの怒りを買って人間界で奴隷として働くことになったアポロンを、なぐさめて親切に振る舞った。アポロンはその恩返しに、アドモネスの牛を増やしたり、結婚に際してとりなしをした。

私は町でかなりインテリたちと付き合ってきたはずなのだが、世俗的なことに巻き込まれたために精神をすり減らした。私はたとえようのないほど泥にまみれ、私のペガサス（天馬）は、両の翼を失った。彼はヘビを追い返しはしたものの、ひっくり返ってしまった。このような人生は、安っぽくて薄っぺらい。

詩人は、汚れとは無縁で、孤高を保っていなければならない。詩人は町の境界線のような重要性のないものにかかわるのではなく、想像上のおとぎの王国を経巡《へめぐ》るように仕向けよう。想像上の旅をするなら、なんの境界線もない。――人間が作った町の境界線など、取るに足りない。

（『日記』一八五一年九月二十日）

## 雑踏

混雑のなかにいると、人間でさえ有害な存在になるようだ。大都会では、ほかでは想像もつかないような堕落が起こる。――賭博師、犬殺し、バタ屋などが横行する。盗みや占いで生計を立てる者もいる。コンコードでも、（昨年九月に）そのような事例があった。卑しからぬ身なりをした紳士が、川向こうの遠くにある練兵場をくまなく歩きながら、カネが落ちていないかどうか捜している姿を、いまでも見かける。私は双眼鏡を目に当て、彼の行動を追った（雪が降る季節まで、彼らは続けていた）。兵隊たちがテントを張っていたあたり（麦わらで、その場所が分かる）を、彼は地面を見ながらゆっくりと行ったり来たりし、杖で麦わらをつつく。ときどき振り返ったり脇に避けたりしながら、腰をかがめて子細に調べる。彼の身なりは、町で見かける平均的な人より立派だ。彼は、メシ代をどのようにして捻出しているのだろうか。彼はおそらく、兵士が落とした一セント銅貨を見つけようとしているのだろう。うまくいけば、五セント貨だってあるかもしれない。これくらいのものなら、確かに見つかる可能性はある。彼はこのドアをノックしたのだから、夢は実現するに違いない。

（『日記』一八六〇年五月二日）

## 地面に打たれた杭

私は最近、ウォールデンの森をかなり手広く、しかも詳しく調べてみた。したがって、紙に描くのと同じくらい精密な地図を、頭に描くこともできる。だれの植林地であるのかも分かるし、いま通っているところがだれの地所かも指摘できる。このような知識があると、かえって想像力を殺《そ》いでしまいかねない。以前ほど、野生や自然の活力を感じられなくなったような気もする。雑木林もくまなく探索したので、杭一本や数々の石ころまで熟知している。その結果、メイン州の森と比べるとかなり基本的な面で違っていることが分かった。メイン州の場合、野生の原野のどの部分が村人だれそれの植林地だというわけではなく、したがって何代にもわたって同じところで薪を切ってソリで運び出すなどということはない。あるいは、ある未亡人の相続遺産が古い証書に詳しく記されているうえ、主人にも独自の計画があったため、子細に検討すれば四十ロッド（二百メートル）も歩かないうちに、いにしえのさまざまな境界線にぶち当たるに違いない。

私が愛して止まないコンコードの野性的な土地は、なんと複雑な歴史を持っていることだろうか。古い証書が、どれくらい存在するのだろうか。――とくに原生林のようなところが、コールさんからロビンソンさんに譲渡されたとか、長年のうちにロビンソンからジョーンズへ、そしてジョーンズから最後はスミスに渡ったとか。生涯のうちに三回も分割し直した者がいるかもしれないし、焼き畑にしてライ麦を蒔いた者もいるかもしれない。塀を築いたり、牧草地に転用した者もいただろう。何回も境界線を引き直し、繰り返し樹木の幹に印の傷を入れ直した者もいるに違いない。地図を見ていると、州から教育機関に下賜された土地に住んでいる者もいれば、ビンガムが購入したおかげで土地を手に入れた者もいる。だがこのような経緯や名称などを耳にすることはないだろうから、関係ないともいえる。

# 肉屋で売るハックルベリー

（『日記』一八五八年一月一日）

ハックルベリー畑で実を摘んでいた者たちが、畑から出るよう命じられる声を聞いた。「実を摘むことを禁ず」という立て札も見た。だが、自由に摘んでも構わないという寛大な畑もある。このように嘆かわしい事態になる前の状況を多少なりとも知っていたことが、いいことか悪いことなのか分からない。田園生活の本当の価値は、どこに行ってしまったのだろう。これらを市場で買わなければならないとすれば、なんとも寂しい。肉屋が、丸くよくみのったハックルベリーの実を、手押し車に満載して押していく事態に至ってしまったのだろうか。これではまるで、絞首刑執行人が結婚式を取り仕切るか、聖体拝領の儀式で司会を勤めるようなものではなかろうか。このような趨勢は、私たちの文明では避けがたい傾向らしい。――ハックルベリーもやがて、ビーフステーキなみに高価なものになってしまうのだろうか。肉屋の看板にも、「子牛の頭とハックルベリー」などと書かれるかもしれない。イギリスでもヨーロッパ大陸でも、人口の増加と独占が進んだことによって、住民の自然に関する権利が次第に剥奪されているのではないか、と懸念する。文明より前に、野生のくだものがこの世から姿を消してしまうのではないか。あるいは、大きなマーケットでしかお目にかかれない存在になるのかもしれない。国全体が都会化するか虐待された一般人の群れになってしまい、わずかに残されたくだものはガラクタになってしまう気配だ。

（『日記』一八五八年八月六日）

## 人間の集合体

人間は本能のおもむくままに、小屋にタールを塗り、声を出せば届く範囲にトウモロコシやジャガイモを植えた。このようにして、町や村ができた。しかしただ集合しているだけで、お互いに緊密な関係を築いているわけではない。社会といっても、単なる集合体に過ぎない。

（『日記』一八三八年三月十四日）

# ある種の調和——村と場所感覚

ソローは、年月を経るに従ってより熟成してきた。彼は時間を見つけては毎日、欠かさず郵便局に通う道筋で町の人びとと雑談を交わした。……サム・ステイプルズが一八六〇年の春、マサチューセッツ州コンコードに住む詩人エマソンの家の隣に不動産を購入したいと考え、ソローに調べてくれるよう依頼した。その結果、エマソン家の生け垣が、ステイプルズが買おうとしている地所に何フィートか越境していることが分かった。ソローは二人を呼び寄せ、エマソンの侵略は意図的なものだと揶揄《やゆ》した。ステイプルズも了承しかねた。ソローの裁定は、こうだった。エマソンは長年、立派な市民として模範的な暮らしてきた。だが生け垣を直すたびに、一歳の若牛を飼育するためにいくらか余分な土地を必要とした。エマソンは面白くなさそうだったが、不正直な点は認めざるを得なかった。ソローは外の道路でも聞こえるような大声を張り上げ、エマソンはまるで町の集会でスリを働いて現場を押さえられたかのように、バツの悪い思いをした。ステイプルズのほうも居心地が悪く、うつむいて床を見ていた。ソローがかなり厳しい言辞を弄したとき、ステイプルズが顔を上げてソローを見やると、ソローがウィンクしている姿が目に入った。ステイプルズは思わず大笑いをし、これも外にまで響いた。エマソンも、やっとソローがからかっていることに気づいた。「越境紛争」は言うまでもなく、直ちに和解した。

ウォルター・ハーディング（＊1）

＊1　『ヘンリー・ソローの時代』（一九六五）、『ソロー・ハンドブック』（一九五九）などの著作がある。

# 近くの村

午前中に雑草取り、あるいは読書や書きものを終えると、私はたいていふたたび湖に入り、どこかの洞窟を横切ってひとしきり泳いで気分を爽快にし、体を清めるとともに勉強によってできたシワをとことん伸ばす。そして午後は、まったく自由に過ごす。毎日、ないしは一日おきには村の中心部に出て行き、絶えず話し合われているゴシップに耳を傾ける。口伝えの噂もあれば、新聞から得た情報もある。それらを同毒療法《ホメオパシック》よろしく、葉のさやぎかエルの盗み見のようにすべて併《あわ》せ呑む。森のなかを歩いていると鳥やリスに出くわすが、村では男の大人や子どもの姿を追い求める。ここでは松林の間を縫って吹く風の音ではなく、馬車のきしみ音が響く。私の森の小屋から一定の方角にある牧草地の小川に、ジャコウネズミの巣窟がある。反対の方角、ニレとスズカケの森の下に、割ににぎやかなこの村がある。村人たちは、まるで巣穴の入り口で立ち上がって好奇心旺盛にあたりを眺め回し、噂を仲間に伝えに走るプレイリードッグのように、私を注視している。私は村人たちの習慣を観察したくて、ひんぱんに村を訪れた。

この村は、私には新聞社の大きな編集室のように思えた。一方の端には、ステイト・ストリートにあるレディング・カンパニーを思わせる店があり、ナッツやレーズン、塩やオートミールなどの食品が並んでいる。だが彼らは前者の商品、つまりニュースに関して貪欲な食欲を持っているし、消化力もすごい。身じろぎもせず日がな一日、公道にすわり込み、季節風が通り過ぎるかのようにべらべらとささやき続ける。あるいはエーテルを吸い込んだかのように、苦痛をマヒさせて感じなくさせるのだろう。——そういうことでもなければ、一日中、神経を集中して耳を傾けているのは苦痛に違いないと思われるからだ。私は村を歩くたびに、ほぼいつも同じ思いに駆られる。立派な人たちが梯子段に腰掛けて陽光を浴びながら前かがみの姿勢で、きょろきょろとあたりを好奇の目で見回している。あるいは両手をポケットに入れて納屋に寄りかかり、女性像をかたどった柱を支えるような姿勢で話している者もいる。村人たちはたいてい外に出っぱなしなので、風が運んでくる便りはすべて耳に入る。彼らはいわばあまり性能のよくない製粉機だから、取り込んだゴシップを細かい粉にして家に運び込む前の粗挽きをするだけだ。

私の見るところ、村で重要なものといえばまず食品店で、バーや郵便局、銀行も欠かせない存在だ。社会にとっての必需品としてはほかに、ところどころに鐘や大砲、消防車を備えている。家々は暮らしに便利なように、道に沿って向かい合わせに建っている。

外部からの旅行者は、見つめられるという試練を受けなければならず、子どもを含めたすべての住民から凝視される。行列の最初のあたりに陣取っている者は、旅人を最もよく見える位置にいるわけだが、同時に見つめられることも多い。旅人に第一撃を浴びせられるわけだが、その対価も支払わなければならない。町はずれで待機している者は、数もまばらで手ぐすね引いているものの、旅人のほうも途中で塀を乗り越えるとか牛の道にそれてしまったりで、待っている甲斐がない。左右のあちこちに看板が出ていて、旅人を誘う。酒場とか食堂のように食欲をそそるものもあるし、ファンシーな商品で釣る店もあれば、乾物屋、宝飾店も軒を並べている。床屋、靴屋、洋服屋《テイラー》のように、毛髪、足、スカートに訴える店もある。さらに恐ろしいのは、呼び込みをやっている店だ。

私はこのような勧誘から、たいていうまく逃れた。災難に遭った者の忠告通りに、素知らぬ顔をして躊躇《ちゅうちょ》なく通り過ぎるのが一方法。あるいはオルフェウス（＊2）のように高尚なことを考えるのも一案だ。オルフェウスは「竪琴《たてごと》を奏でながら大声で神を讃える歌を歌い、セイレンの誘惑の声（＊3）を打ち消し、危機を脱する」わけだから。

**＊2　ギリシャ神話では、亡き妻エウリディーチェを追って冥界に行く話が有名。最高の詩人。**
**＊3　同じくギリシャ神話。シチリア島の近くに住み、航行する船を美声で誘惑し、難破させた。**

私はときどき突如として姿をくらますことがあり、だれも所在を突き止められなくなる。私は体裁にこだわるほうではないし、塀に隙間があれば、これ幸いとばかりに飛び出す口だからだ。私を歓待してくれる家には、勝手に入り込んでしまう癖もある。そしてすでに決着のついた最新ニュースの核心を聞きかじり、戦争と平和の見通しを知り、世界がしばらく分裂しない気配を察知すると、裏通りを通ってまた森に舞い戻るのである。

（『森の生活』から「近くの村」の項）

## 水源

町の仲間や知人のなかで、森や自然に強く引かれているのはせいぜい一人か二人（つまり何千人に一人という勘定だ）しかいないことを、私ははっきり認識している。だがそのような人は例外なく、人間や社会にも深い関心を持っている。コンコードでもその他の町でも、若者たちが森を歩かなくなってきており、彼らは店や会社にたむろしている。彼らは、お互いに情報交換する。——彼らが最も好む場所は、水車用水の貯水池である。

町なかの広場にあるポンプ付きの泉には、水がたっぷりあろうが不足していようが、澄んでいようが濁っていようが、朝には千人もが集まる。だがそのうちの一人として、水源の水を飲んだ者はいない。

（『日記』一八五一年二月九日）

## プレイリードッグの村

ある村に足を踏み入れたのだが、大きな心を持った人はだれもいなかった。――これでは、プレイリードッグの村と比べてどこが優れているというのだろうか。

（『日記』一八五〇年六月九日）

## 少年の小型水車

ときどき、小型のおもちゃ水車を見かけることがある。――小さいが、製材用ないし製粉用のつもりだ。――ほんのちょろちょろした小川を利用したもので、古いびんの底を割って水を導いている。田舎の少年が作ったに違いないが、少年の家らしきものは近くには見当たらない。アークライト（＊4）かレニー（＊5）がはじめて機械に関するエッセーを書いたときの様子に似ているのではなかろうか。――小さな杵が交互に動き、工場の規則正しい機械音を想起させる。

＊4　サー・リチャード・～。イギリス人で紡績機械の発明者。一七三二～九二。
＊5　ジョン・～。スコットランドの土木技術者。ウォータールー・ブリッジなどを設計した。一七六一～

# 一八二一。

このあたりでは雑草や野生のハックルベリーがはびこっていて、川に覆いかぶさっている。マンチェスターやローレンス（いずれもマサチューセッツ州北部）あたりでは、松の木が同じように川岸に繁茂している。――このミニチュア水車は、私がこれまでに見たこともないような、農村少年の傑作だ。少年が作ったこの作品が残っているところから判断すると、カワウソの足跡を見たとしても、この近所に本当にまだ棲息しているのかどうか疑問に思える。

三月のある日曜日の昼下がり、それまで裸だった地面にまた何インチ（一インチは二・五センチ）か雪が降り積もった。しかし太陽が出ると、たちまち溶けた。人家から離れた町はずれの古くて使われていない交差点のあたりを私が歩いていると、突然カバの木林やハックルベリーの茂みがある牧場のほうから、カウベルのようにカランコロンというかそけき音が聞こえてきた。だが雪が降った牧草地に、牛を放牧するはずがない。新しいバターづくりをする季節でもない。カウベルは、まだ納屋の棚か引き出しにしまわれているに違いない。――私は、ずっと前にハックルベリー摘みに行ったときのことを思い出した。遠くでカウベルが鳴っていたが、牛たちはまだ沼には入りたがらないでいた。そのときの記憶から判断すると、いま聞こえている音は銅を叩くような音であまり芸術性はなく、カウベルの甘くて野性的な音色とは異なる。私はさらに歩を進めたが、牧場の向こうから聞こえてくる音は、ますます大きくなる。カウベルより、もっと規則正しい。――やがて私は、人間が岩にドリルで穴を開けている音ではないか、と推察した。――削岩用の大槌を打ち込んでいる音なのだろう。だが待てよ、今日は日曜日だ。コンコードの農民が石を穿《うが》っているとは考えにくい。ひょっとすると、牧場の彼方の森から聞こえてくるのかもしれない。だが何も姿が見えないので、私は一人で想像をめぐらせた。何かの事情があって、フクロウか何かの鳥が立てている音なのか。――そこで私は塀を乗り越え、牧場を横切って森へと向かった。

だがさらに歩を進めていくと、音は大きくなっていくのだが、地面の下から聞こえてくる感じになってきた。行き当たったのは、開けた牧場の地面だった。これはジャコウネズミのいたずらなのか、あるいはミンクかカワウソが立てる音か。私は、自然史のなかで新発見をしたのではあるまいか。――私は期待感を込めて、振動する地表に立った。アマガエルが一匹、こちらをうかがっている。幅一フィート（三十センチ）もない小川があるが、雪解け水をたたえているので、深さも同じくらいある。そこに小さな水車があり、回転するたびに車に付いたクランクの腕が杵を持ち上げては打ち下ろす。それが下の板を叩く音が、舌のないカウベルのような音を立てる。――ゴボゴボという大きい音は、牧場の外に水が流れ出すときの音だ。――小川自体もこの音が気に入っているようで、ミニ・ダムからあふれ出て喜々として水筒のような受けに水を流して水車を回し、大きな音を立てて自慢げだ。このあたりは、上方にある滝のしぶきをかぶって濡れている。そこから半マイル（八百メートル）ほど歩くと、丘に空いた穴から風がこちらに吹いてくる。これも、かすかな音を立てる。

それからちょうど二週間後にまた新たに雪が降り、私はまた町はずれの牧場に足を運んで水車の規則的な音を聞いた。——その晩遅く私が遠くから村を通って戻ってくると、不思議なことに、直線距離にして一マイル（一・六キロ）ほど離れたところから、また同じようなトントンという音が聞こえてきた。私は家族を窓辺に呼び、少年が小川のほとりに作った水車の杵の音を聞かせた。——遠くのへんぴなところで、おそらくだれも行ったことのない場所だ。——しかし、音のほうはみながはっきりと聞いた。——老人で、ふだんは鳥の鳴き声さえ定かに聞き分けられない者まで確認した。私が二週間前に、遠くのできごととして話した音だった。雪解け水が牧場にまであふれた特殊な時期だったので、音は水を渡って伝わってきた。

村では聞き慣れない音だったし、小川のせせらぎさえなじみのない人が多い。だがそこに考えが及ぶより前に、村の若者でさえこの存在は知らないはずだ。かなり村外れの遠い牧草地だし、世界ではじめての水力利用の製粉所であるかのようにひっそりと鎮座している。——そして今夜、村の道すべてに響きわたる唯一の音だ。——多くの村人が耳にしたに違いないが、それほど遠くから響いてくるものとは気づかず、歴史のあるものとも知らない。——ところが、古くから風雪に耐えてきたものなのである。工芸家たちの作業がすべて終わり、からざおを打つ音や鉄床《かなとこ》を叩く音も止んだあとも、春の宵にまどろむ村に、少年が作った水車の音だけが聞こえる。――道を一マイル半（二・四キロ）ほど行き、さらに雪解け水があふれた牧草地を越えて直線で一マイル（一・六キロ）先から響く音だ。

（『日記』一八五〇年四月一日を終えて）

# 私が着ている古い上着はコンコードだ

私は、一日の過ごし方をよくわきまえている。――時間はたっぷりあり、古い衣類をたくさん収納した衣装ダンスも持っている。だが、外国に行く条件は整っていない。わが家の巣にすわって、一日中一つの卵を抱えているのは快適だ。だがこの卵は、孵《かえ》らないかもしれない。私が着ている古い上着は、コンコードだ。――それは朝に羽織るローブであり、勉強するときのガウンであり、作業着であり、式服であり、ナイトガウンでもある。素朴なわが家に戻ろう。わが家へ、わが家へ。

（ダニエル・リケットソン［＊6］への手紙。一八五五年九月二十七日）

＊6　マサチューセッツ州南部ニューベッドフォードに住む文通仲間の文学青年。ソローとは、一八五四年のクリスマスに知り合った。

# エマソン（＊7）への手紙

拝啓

奥さまはボストンにおられますが、昨日の土曜日にエディと出かけられたのでしょうか。私のところで起こったことをそれだけ単独でお知らせする価値があるのかどうか、やや疑問を感じています。奥さまがコンコードにお帰りになってからでもいいか、とも考えたのですが。実は昨晩、蒸気タービンを動力にした水車が焼けてしまったのです。――二つの川や牧場が明るく照らし出された光景は、みごとではありましたが。共同所有者たちが先日、七千ドルを投入して購入したものですが、六千ドルまでは保険でまかなえるのだそうです。したがって、むしろ得をするのかもしれません。しかし、これに出資した者は、損したでしょう。最も損害を受けたのはおそらく私の父で、保証されない四、五百ドルをすったに違いありません。放火だろう、と推測する者もいます。だれか小賢《ざか》しい者が火を放ったのだろう、と私は睨んでいます。コンコードの企業が成功しているのをねたんだ者が打撃を与えようとしたのだろう、という見方に私も賛成です。とにかく全焼してしまったので、だれにも疑惑がかかり得ます。私は今朝、あなたの庭に六インチ（十五センチ）もの長さがある燃えがらが落ちているのを見つけました。まるで風はなかったのですが。

あなたの庭の樹木には、なんの損害もありませんでした。しかし、冬の間に枯れた木が一本あります。地元産のワトソン梨です。最初の年は、どの木よりも生長が早かったように思えたのですが、ダメになってしまいました。私は、つねに毛虫が嫌いです。

オルコット氏（＊8）は機械を修理しようと自ら着手しましたが、どうしようもありませんでした。

（サイラス・）ウォーレン氏（＊9）から聞いたところでは、彼は百ドルほどを出して丘の畑をあなたのために買おうとしていたところだったそうです。また彼は、自分と（サイラス・）ストウ（＊10）が遠くの彼らの畑に行く際に、あなたの地所を通過する許可をもらったと記憶しています。彼がそのような行為に報いようとしたことが、よく分かります。あなたとしても、犠牲を払われたわけですから。

＊7　詩人・思想家のラルフ・ウォルドー・エマソン（一八〇三～八二）。同郷の文化人の先輩として、ソローと親交があった。ソローはエマソンの超越主義《トランセンダンタリズム》に感化を受けたが、染まりはしなかった。

＊8　エイモス・ブロンソン・～（一七九九～一八八八）。同じ文化人仲間で、哲学者・作家・社会改革論者。一八四〇年に、家族とともにコンコードにやってきた。

＊9　コンコード・アカデミーの生徒だった一人。

＊10　ソローの父親と同じく鉛筆の製造をしていたが、途中で断念した。

飛び地だったあなたの森も、かなり焼けてしまいました。――しかしリューベン・ブラウン（＊11）によると、焼けた立ち木は冬までそのままにしておいても支障はなかろう、ということです。彼自身も昨年、同じような被害に遭っています。ウォールデンの畑や家についても、同様なことが言えるでしょう。お帰りになったら、子細にご検討ください。

（ラルフ・ウォルドー・エマソンへの手紙。一八四八年五月二十一日）

＊11　フェア・ヘイヴン・ヒルという地所を持っている。

## やはり人間と関連がある

私は人に何事かを頼むときにもう少し愛想よくすべきだと、ときに反省することがある。――相手のプロ意識や商売に対する配慮が足りないのではないか。――彼らを尊敬して、詩の素材にすることまで考えていない。だが、石橋を修理に行く人びとを敬遠するわけでもない。――ただ、そこに詩情を感じないだけだ。――深い思いを誘ってはくれない。だが森や畑など自然だけに題材を限定していると、視野が狭くなる。――偉大で賢明なのは、やはり人間に関連した話題である。

（『日記』一八五一年八月二十三日）

# コニー・アイランド（＊12）を破壊する人たち

私は、ニューヨークから七マイル半（十二キロ）離れたところにいます。すべてを見終わるまでに、少なくともあと半日はかかりそうです。すでに、高い丘や海岸の一部など、島のかなりの部分は見ましたが。家のすぐ裏手にある丘からは、ニューヨーク市街、中心地ブルックリン、ロングアイランド、ナローズ（海峡）などが望めます。

**＊12　ニューヨーク・ロングアイランドにあるビーチ・リゾート。その後、一八九〇年ごろから、遊園地として発展した。**

この付近には、世界中を結ぶ船舶が出入りしているのが見えます。——サンディ・フック（半島）やネヴァーシンクの丘（ニュージャージー州にかかる海岸）、さらに遠方のキル・ヴァン・クル（海峡）、ニュワーク湾まで見えます。マダム・グライムス家の尖塔から以前、日没を見たことがあります。そのときは、島の全貌が見回せました。地平線の彼方には、帆船の艦隊がハドソン（川）に向かっていました。地球の端っこを航行しているかのように見えます。このような商船の様子を眺めていると、商業の力をひしひしと感じます。

しかしあなたがたが暮らしている場所がこのような大都会に割に近いという点には、いささかがっかりします。ほんのわずかな距離なのです。このように大きな町や港には、どうしてもなじめません。朝夕に大砲が鳴り、はためく帆が目に入ります。私は大陸全体が、金融街ウォール・ストリートでさえ買うことのできない孤独や静寂をおおかた吸入して欲しいと考えています。にぎやかな板張りの舞台を持つ歓楽街ブロードウエーも、その例外ではありません。私は、南向きの海岸に住みたいと考えています。海にすぐ面していて、大きな音とともに、波が絶えず押し寄せてくるところです。もっとも、しぶきがかかるのは困りますが。

永遠でない命が消滅するまで、私は自分が置かれている環境や周囲との関係をすべて知るつもりはありませんし、できもしません。私は、まだ人生を達観したわけではありません。十分な時間が与えられれば、人生を楽しむと思います。私の内面はこれまで、コンコードで感化を受けてきました。そしていまここに、コンコードに照準を合わせてサンディ・フックやコニー・アイランドを破壊したい、と考える者が出現したのです。しかしコンコードのように無垢で雄大な自然に回帰させるまでには、長い年月がかかるに違いありません。

あなたが愛情を注いでくれた息子

ヘンリー・D・ソロー

（母親への手紙。一八四三年五月十一日）

## 旅行者の目を通して

なじんだ原野を少し離れ、ささやかな冒険に旅立つときには、すべてのものを旅行者の目で——あるいは少なくとも、歴史的な目で——見ることになる。まず、最初の橋で立ち止まる。

ただの散歩ならそんなことはないのだが、旅行者だと客観的な観察をし、道徳的な基準を適応する。——あなたが生まれ育った村を、ときには旅行者のように新鮮な目で見直し、隣人を見知らぬ人として見ることには、それなりの価値がある。

（『日記』一八五一年九月四日）

## 文化を保存しよう

芸術作品である日記や書物、科学的な機械類には、洗練された文化の影響が見て取れる。——ニューイングランドのこのあたりではそれがきわめて豊富で、この村の教育にも貢献している。——思想を高め、もしこの要素だけが教養を改善するのであれば、ここがたちまち文明の中心地になり得る。——ロンドンやアルカディア（*13）と肩を並べるどころか、凌駕することさえ可能だ。

＊13　古代ギリシャのペロポネソス半島にあった、高原の桃源郷。

しかし私たちは、（コンコード）の公会堂に一万六千ドルを投じた。この建物は主として政治集会に使われ、成人教育の場ではない。商業面での成功を祈る場所ではないし、なんの特典もなければ、買う価値のあるほど知性にプラスになりそうなものもない。パリ、ロンドン、ニューヨーク、ボストンなどの大都会からこの村が買いたいと思うものは何ひとつないし、利用したいものも見当たらない。偉大な村人が飾り立てたい絵や銅像も、まずなさそうだ。——欲しがるとすれば図書館くらいで、しかも蔵書数を誇るのではなく、厳選した良書をそろえたものだ。——利用価値のある科学的な道具も、整備したい。だが、田園的な要素も保持しておきたい。いまこの十九世紀において、しかも自由を旨とする国家で、この町が文化・文明教育に一文も出費していないことを知って、私はびっくりしている。人間がそれぞれ個性を持っているように、すべての町は特性を持っている。文化程度にも、格差がある。精神的に高潔でない町が数多くあり、そのような町に住んでいたら気恥ずかしいだろう。ボストンから三十マイル（四十八キロ）圏内のニューイングランドには、粗野な村々も存在するに違いない。——反面、すぐれた共同社会もあるはずだ。もしロンドンが洗練された特性を持っていて、売ってもいい情報があるのなら、買わない手はない。

（『日記』一八五一年九月二十七日）

# コンコード暮らしに満足

私のコンコードに関する知識のかなりの部分は、母親であるあなたの手紙や家族の情報から得たものです。新たな知識が増えるのは、たいへん嬉しいものです。鉄道と一緒ではなく、あなたと一緒にウォールデンの森で暮らせれば、有益だったに違いありません。あなたのことは、ひんぱんに心に浮かびます。あなたとは本当に何マイルも離れたところに住んでいるのだろうか、記憶も何マイルも離れているのだろうか、と疑問に思うことがあります。私たちの人生は、不思議な夢のようなものです。しかも、人間がどうにも操作できないものだと信じています。私は、コンコードの裏門に近いポプラの木の下にずっとすわり続け、それで満足です。別に、ホームシックにかかっているわけではありません。——いろいろな場所に行ってみましたが、どこも私にそれほどの関心は払ってはくれませんでした。しかしコンコードだけは私の目を引き続けていますし、想像の世界でさえ、世界のどの地域とも違っているのです。その区別がどこにあるのか、私には明確な答えは出せません。

（母親への手紙。一八四三年八月六日）

# 暖かい夜

この季節（十月）にこれほど暖かい夜があると、地元に影響を与える。午後九時だというのに、少年たちが外で遊んでいる声が聞こえる。——いつもより元気で、もっとにぎやかだ。隣人は、フルートを取り出した。——ふだんと比べて、霧が濃い。——今夜は、満月だ。地平線に見える森の上部は霧を突き破っていて、低くたなびく黒雲のように見える。——霧は空の色と区別がつかない。

（『日記』一八五一年十月八日）

## あらゆる野蛮な要素

きょう見たカーライル（マサチューセッツ州東部。ボストン北西部の小さな町）の人と、彼の薄汚れてみすぼらしい家のことを思い出すと、いわゆる文明化された社会のなかにも、あらゆる種類の野蛮な要素が巣くっていることに気づかされる。カーライルも、十九世紀の世界にあるのだが。

（『日記』一八五一年十二月十三日）

# ビル・ウィーラー

ビル・ウィーラーは両足に障害があって、小股でゆっくり歩く。――両足が凍傷にかかったことは、私も知っている。彼とは五年に一度くらい、町の近くで出会う。彼はいつもとは違って、道端の店のところにいる。彼がだれに雇われているのか(とくに軍事記念日に)、私は知らない。彼がどのようなところで寝泊まりしているのかも、さっぱり分からない。彼はほかの人たちとは階層《カースト》がちょっと異なっている感じで、私はインドの不可触賤民《パライア》か殉教者を連想する。――だれかが、彼に飲みものを恵んでやっている気配だし、彼にはんぱ仕事をやらせているらしい。彼が食事をどうしているのか、についても不明だ。

彼を見てからしばらくして、散歩の途中で避難所のようなものを大牧草地のそばで見つけた。大まかな骨組みの上に枯れ草をかぶせただけなような、森の木こりたちの緊急避難所だ。このようなものがあると私は首を突っ込んでみたくなり、そのときも覗いてみた。なんと、ビル・ウィーラーが枯れ草の上にうずくまって眠っていた。熟睡中に起こされたので、彼は目をこすり、私が狩りでもしていたのだと思って、獲物がありましたかね、と尋ねた。彼の生活に踏み込んでしまったので、私はすぐに退散した。――彼は、だれとも話をせずに、よく暮らしていけるものだ。生きるための理念は持っているのかもしれないが、生活は最低だ。彼はソクラテスやディオゲネス(*14)などの哲学者も顔負けなほど簡素な暮らしをして自然に回帰しており、町に背を向けている。

*14　ともに、古代ギリシャの大哲学者。ソクラテス（四六九？～三九九ＢＣ）。ディオゲネス（四一二？～三二三ＢＣ）。

彼はあらゆる贅沢や快楽、人間社会を捨て、足にさえも障害を持ちながら、人生を闘っている。ディオゲネスは、両手で水をすくって飲んでいる少年をみてコップをほうってやるのだが、私はそのディオゲネスのような心境だった。いま眼前の男は、孤独な暮らしをし、仕事もなく、私が知っている限り係累もなく、野望もなく、人びとの好意にすがることもしない。彼は、公平な目で世間を見ることができるのだろうか。――庭師を見るヒキガエルのように、冷静でいられるのだろうか。彼はある意味では、たった一人だけではあるが、新たな哲学者の部類に入るのかもしれない。考え方も生き方も、同時代の仲間たちとまるで異なっていて、簡素で抽象的な人生だ。――彼の知恵は、ほかの人たちから見ればアホに思える。彼が孤独な枯れ草避難所で考えていることは、ひょっとすると、一般の人に対して彼が勝利を収めている皮肉な現象なのかもしれない。――文字による表現はないものの、文学にも勝るものなのかもしれない。彼はあらゆる人間のなかで、最もあわれな存在に自らを追い込んだと言えそうだ。――だが感受性はきわめて高く、知識も洞察力もあるために、だんまりになったのだと思われる。――ほかの人とは異なった意識を持ち、独自でほかに類のない話し方を身につけたのだろう。彼にとってのニュースは、私やあなたにとっては明らかにニュースでない。いま私は確信は持っては言えないが、ギリシャやインドの哲学者より劣る、あるいは彼の域にさえ達していない哲学者もいる。――そして、彼の進んだ視点をうらやましく思う。

（『日記』一八五二年一月十六日）

## サドベリー・ヘインズ

断崖の前の川で、釣りに来たサドベリー・ヘインズに会った。さまざまな色のパッチワークでつぎはぎした、古いコートを着ていた。彼はいまだに、インディアンの代表という特性を保持している。上着のパッチワークがその一つだし、生活の端々《はしばし》にそれがうかがえる。――彼が地元で弁護士をやっているという点もあるし、この社会では欠くことのできない人物である。

（『日記』一八五二年二月九日）

## 村の教会

古いものを輝かしく見せるには、月光が最適だ。――この村の家々は、古代ギリシャ絶頂期の古典的な優雅さを備えている。――そしてまだ半ばしか完成していないここの教会は、パルテノンの神殿（＊15）を私に思い起こさせる。

**＊15　四三八年BCごろ、ギリシャ・アクロポリスに建てられた神殿。**

つまり、最も有名な美の極致を想起させる。月光を反射し、星の光をたる木に受けながら穏やかにたたずんでいる姿は、私と同じく夜露で元気を取り戻したように見える。

（『日記』一八四一年九月三日）

ニューハンプシャー州の丘陵地で、集会所の馬小屋にかわいそうな馬を走らせていた聖職者から、私はたしなめられたことがある。なぜかといえば、安息日に教会に行く代わりに、私は山頂を目指して懸命に登山していたからである。私は彼よりも遠くまで出かけて、真の声を聞こうとしていたのだった。牧師は、私が「神の十戒の四番目（＊16）に背いている」と断じた。

＊16　「安息日を心に留め、これを聖別せよ。……主の安息日であるから、いかなる仕事もしてはならない」

（『聖書』新共同訳）

そしてさらに、自分が安息日にふだんと同じ仕事をした場合にはさまざまな悲劇に見舞われたと、陰鬱な調子で列挙した。この日に世俗的な仕事をしているかどうかを神は監視している、と彼は本当に信じており、この日に働くのは悪い意識に毒されている結果だと考えていた。アメリカには、このような迷信がはびこっている。したがって、人びとが村に入り、教会の門をくぐると（実際にそのような行動を取らずに空想するだけでも）、その奥には醜悪な建物がある。ここには人間の性格のなかで最も屈折し、面目を失墜した部分が露呈しているからである。

（『コンコード川とメリマック川の一週間』から「日曜」の項）

## 村の鐘

一八四一年　十八日・土曜日、納屋で。

なかなかのイベントだった。——近隣の町々からも、鐘が鳴るのが聞こえた。——とくに、夜間はよく響いた。私も、いつになく浮かれた気分になった。——シーズンもたけなわという感じなので、黄金の季節を大いに楽しもう。

（『日記』一八四一年九月十八日）

きわめて静かなため、五マイル（八キロ）離れたベッドフォード（*17）の九時の鐘が、はっきりと聞こえた。――ふだんなら聞こうともしないのだが、いまここでは私の好みではない音楽ががなり立てているし――鐘の音には甘くて高貴で気をそそり立てるものがあうからだ。どことなく、フクロウの鳴き声を思わせる。

（『日記』一八五三年一月二十一日）

**＊17　マサチューセッツ州、コンコードの北東。**

## コンコードという名の詩

私は、「コンコード」と題した詩が自分にも書けると思っている。――なにしろここには名だたる川があり、森があり、湖があり、丘があり、畑があり、沼があり、牧場があり――道や建物、村もある。さらに、朝、昼、夜が訪れるし、小春日和もあれば、山々や地平線も眺められるのだから。

（『日記』一八四一年九月四日）

## 運河工事の親友

一日中、鉛筆づくりに励んでいた。（＊18）——そして夕方になって、むかしのクラスメートに会いに出かけた。彼は、ナイアガラ周辺で船が航行できるウェランド運河を掘削する仕事にたずさわることになっている。

＊18　家業の手伝い。

彼はとくに動機も持たなかったし、私のような生活にあこがれてもいなかった。——「生物としての快適さ」からはみ出ようと思ったことはない、と言っている。したがって私たちは、はっきり宣言したわけではないが、なんとなくそれぞれの道を歩むようになった。——私は晴れた今夜も静かな月光を浴びながら日記に思想の断片を書いているし、彼は自らの人生設計に従って、私とは異なるものの、充実した日々を過ごすことになる。

（『日記』一八四二年三月十七日）

# ヘイドンの仕事、私の仕事

今朝の日の出直後、私はヘイドンが仲間たちとゆっくり歩いている姿を見た。この産業時代に、彼らは切り出した重い石を滑車で吊り下げた車を、人力で引っぱっていた。彼の仕事は正直で平和なもので、世界中を保護し、世間が尊敬の目を持って眺める神聖な職業だ。のろまな怠け者には、一撃を与える。彼は牛たちの肩と並んで休んでは呼吸を整え、手加減しながらむちを振るい、牛たちもそれに従う。このように真っ正直で男っぽい労働を、アメリカ議会は保護すべきだと私は考える。彼の額には、早くも汗が吹き出している。まだ、一日は長い。だれかがやらなければならない神聖な仕事ではあるが、退屈な重労働だ。糧《かて》を得るためのこの仕事は、世間にも貢献している。

　夕方になって、私は金持ちの庭のそばを通った。彼は大勢の使用人を雇ってムダ金を使っているが、一般市民の暮らしには何も貢献していない。ヘイドンはティモシー・デクスター氏のちょっと奇妙な邸宅のそばで石積みをしているところで、この一角が荘厳に見えるのは、ヘイドンの労働のおかげだと思える。——私は割にひんぱんに、農地の測量を横柄な態度で頼まれる。これは、あまり重要な仕事ではない。しかし私は、雇い主が期待している以上のことをやり遂げようと心がけている。——ところが私は、価値ある公共的な仕事は頼まれたことがない。徹底的に利益を追求する野蛮な産業は、一部の金持ち階級の愚かな野心に奉仕しようとしている。粗野でお調子者の、金銭亡者がいる。——町の北のほうで丘の麓、牧草地が終わるあたりで銀行を設立しようとしている人物だ。——権力者たちが彼を焚き付け、真面目に事業をやらせようとした。彼は私に話をもちかけてきて、三週間、彼と一緒に基礎作業をやってみないか、という。——そうすれば、彼はいくぶんか余分なカネをもらえるのかもしれないし、彼の死後、後継者に散財できる資産をいくらか残せる、という皮算用があったのかとも勘ぐれる。——私がこの話を受ければ、世間は私が勤勉でよく働く男だという印象を持つかもしれない。だが反面、その収入がたとえわずかなものにしても、私がカネのために動いたいい加減なヤツという烙印も押すに違いない。——しかし私はこのように拘束されたうえに無意味な労働、しかも彼にとってはプラスになっても私にはなんら得るところのない仕事をする必要はないので、私は別の学校で教育を受けることにする。

(『日記』一八五二年七月二十四日)

## 村の夕暮れ

村の道路の雰囲気は、昼日中《ひるひなか》より、いまのように夏の夕方のほうが好きだ。隣人や農民たちも、昼間の干し草づくりを終えて買いものに出かけ、道端で雑談している。あちこちの家から、楽器の音とともに歌声も聞こえる。一、二時間ほどの間、村人たちは情緒的な時間を過ごす。

（『日記』一八五一年七月二十一日）

# メルヴィン（*19）のため星に感謝

あらかじめ川岸まで運んでおいたボートに乗り込む。雪のなか、家まで台車に乗せて戻るにもひと苦労した。最近は、慣れない作業が多い。

そのあと、鉄道まで歩いた。雪から枯れた茎の色をした葉や雑草が突き出していて、そのコントラストがいい。きょうは、それほど多くは見かけなかった。メルヴィンの飼い犬は青みがかった黒い斑点があるスマートな猟犬《ハウンド》で、きょうも見かけた。

**＊19　ジョージ〜。やや知恵遅れで、ドジが多い。**

メルヴィンは銃を手に持ち、夕方になって家路につくところだった。彼が狩猟に入れ込み、農民が農業に励むのと同じく、開墾された原野でいつも狩りにいそしんでいるのは、評価していい。彼の手腕は、「大統領！」と叫びたいほど優れている。私はその点で尊敬しているし、彼のためにもいいことだと思っている。もしメルヴィンが死んだら、神はもう一人別のメルヴィンを地上に遣わせてくれるものと信じている。彼が一生、真面目に日曜学校に通うのではなく、自分の適性を見つけて打ち込んだのは正解だった。彼は、このあたりでの宝物になった！　この点で、大方の意見は一致するのではあるまいか。私はメルヴィンの件で、私の星に感謝する。私は寝る前に、メルヴィンがこの世に存在していることを感謝する。――メルヴィンの存在は、母親にとっては試練だったに違いない。だが私にとって、彼は山腹の地層に見える赤い筋のように歓迎すべきものだ。私は朝に夕に、この恵みに対する感謝の気持ちを反芻《はんすう》する。彼は足を引きずりながら、よたよたと不格好に歩を進める。だが彼は、私と同時代に生きる隣人だ。彼と私は別の部族に属しているが、お互いに戦争はやらない。

（『日記』一八五六年十二月二日）

# 村の樹木

毎年、訓練をするわけではないし、軍事点呼もやらない。スカーフや横断幕で飾って、お祝いをするでもない。だが例年、十月の風景のすばらしさは、百分の一も町には伝わってこない。私たちは木を植えて育てるだけで、あとは自然が色鮮やかな垂れ幕を用意してくれる。――自然界諸国の国旗はすべてそろっているが、勝手に作った標識では、植物学者でも読めない場合がある。たくさん欲しい樹木は、カエデ、ヒッコリー（クルミ）、スカーレット・オーク（＊20）などだ。そしてやがて、「すべての幹に目印をつけろ！」と私は叫ぶ。

＊20　コナラ属の高木。

村が展示公開できるものといえば、兵器庫に巻いてしまってある汚れた幔幕《まんまく》だけなのだろうか。これらの樹木が季節を明示してくれない限り、村としては不完全だ。これは、町の時計塔と同じくらい重要である。それらを欠いた村は、うまく機能しない。ネジがゆるんでいるからだ。基本的な面が、欠如していることになる。春には柳が欲しいし、夏にはニレの木、秋にはカエデとクルミとトゥペロ（ミズキ）、冬には常緑樹が不可欠だ。カシの木は、どの季節にも必要だ。屋内の画廊と街頭の画廊は、どうあるべきか。田舎には高級な絵画の画廊は必要なかろう、と私は思う。私たちのメインストリートを飾るニレの街路樹に、ウエスタンの風景を配するような違和感があるからだ。

（『日記』一八五八年十月十八日）

# 父の村

私が知っている範囲で言えば、父は死んだときコンコードの中心部で最も高齢な一人だった(*21)ばかりでなく、この町の住人を最も数多く知っていた人物だった、と言っても過言ではなかろう。過去五十年におよぶ町の中心部の地誌、社会や道路の歴史についても、最も詳しく知っていた。村の道路にも、特異な関わり合いがあった。いろいろな店や郵便局にすわり込んでは世間話をするのが好きだったし、日刊紙も克明に読んだ。彼は四十年前のコンコードに関しては、価値のあることを(そして価値のないことも)、よく覚えていた。商売人であったためでもあるが、だれよりも付き合いが広かった。まだご存命の人もごく最近、亡くなった方も含めて、この町にやって来たのは父より新しかった。それに彼らは、得てしてほかの村人とは疎遠な生活を送っていた。

(『日記』一八五九年二月三日)

*21 一八五九年二月没。享年七十一歳。

## 兄のフルート

兄（ジョン）が村の住宅地域から半マイル（八百メートル）ほど離れた場所で毎晩吹いていたフルートを、私はずっと聞いてきた。彼は、すべての音符を正確に再現していた。——ロケットで手紙を運ぶより、もっと美しい私との交信手段だった。

（『日記』一八五〇年五月十二日）

## 母の記憶

母が若くてヴァージニア・ロード（＊22）沿いに暮らしていたころ、夏の晩によく聞いた音のことを、今晩、話してくれた。

**＊22　ソローが生まれた場所でもある。**

たとえば、牛の鳴き声、ガチョウのかしましい叫び、遠くヒルドレスの家（＊23）から聞こえてくる太鼓の音。

*23 リチャード～。歴史家。

だがとりわけよく響いてきたのは、ジョー・マリアムが仲間に向かって吹く口笛だった。実に達者なものだったという。母はよく真夜中に目覚め、ほかの者が寝静まっているとき、ひとりで玄関口に出てすわっていた。背後の時計の音だけが、耳に響いたそうだ。

（『日記』一八五七年五月二十六日）

# 編者（J・O・ヴァレンタイン）のメモ

この本で引用した数々の文章はすべてヘンリー・ソローの作品から抜いたものだが、これは彼が風景（land）について書いたもののごく一部にすぎない。章立てに似た各区分は、およそ年代順に配列してある。マサチューセッツ州コンコードの風土がアメリカ原住民の住んでいた時代からソローの青春時代までの進化の過程に関して、ソローはどう考えていたのか、を跡づけてみたかった。コンコードの周辺は圧倒的に農業主導の土地柄だったのだが、鉄道が引かれたために村は発展もしたが、それとともに大きな変化をもたらした。それ以外262にも、精神の高揚をもたらすうえで重要だとソローが考えている環境の保全などに関するエッセーも散りばめられている。

文章を選択する際の目安として、「自然になり代わって発言する」のをモットーにしていた人物の内面をもっと読者に知ってもらえそうなもの、現在の自然との関わり合いに変化をもたらせそうなエッセーを拾い出すように心がけた。また、ソローの関心の広さを示せるような配慮もした。彼が情熱を傾ける対象や詩作はもちろん、彼のユーモアも取り上げた。すでにおなじみの有名な文章にも出くわすだろうが、大部分の引用個所は新鮮だと思うし、驚くものもあるに違いない。

主な出典は日記で、これが彼の著作の原点になっている。したがって、日記のなかに彼の思想やアイディアの素材が隠されており、それらは読者がそのまま読むことを想定しておらず、編集者が手を加えていない原作そのものである。日記はほかの著作と比べると個人的なものだから、彼の素顔を知るうえでも好都合だ。ソローは、次のように書いている。

今後どのようになるのかは分からないが、このように日記に書き記した思想は、やがて印刷されないとも限らないし、そうなるとばらばらのエッセーよりまとまったものになるという利点があるかもしれない。これらは生活に密着したものなので、読者も机上の空論だとは思わないだろう。――もっと簡素で、飾らず、枠に捕らわれないスケッチのようなものだ。単に事実を述べ、名称や日時を記しただけのものでも、かなりの内容を伝えることができる。――たとえば、花は牧場で自然に咲いている状態より、花束にしたほうが見栄えがよくなるとか、――その花を採取するためには足を濡らさなければならない、といったことである。学者ぶった姿勢には、なんらかの利点があるだろうか。

ほぼ一世紀近くにわたって、ソローの著作を集大成したものとしては、ブラッドフォード・トリーとフランシス・H・エレンが編纂した『ヘンリー・デイヴィッド・ソロー著作集』(**全二十巻。ボストンのホートン・ミフリン社刊、一九〇六年**)があるだけだった。そのうち第七巻から二十巻までが日記で、別途一巻から十四巻までの番号が付けられている。一九〇六年のホートン・ミフリン版に取って代わるものとして、『ヘンリー・D・ソロー著作集』（プリンストン大学出版会、一九七一〜）が、刊行されつつある。日記は、これまでに五巻が出版されている。プリンストン版の日記はソローが書いたままの形で再現しており、彼の特異なスペリング、句読点の打ち方、構文もそのまま残している。

［ヘンリー・ソローの著作について］（抄訳）

ほぼ一世紀にわたって、ソローの作品をまとめた全集としては、ブラッドフォード・トリー、フランシス・H・アレン共編の『ヘンリー・デイヴィッド・ソロー著作集』全二十巻（一九〇六年、ボストンのホートン・ミフリン社刊）が代表的なものだった。このうち七巻から二十巻までが「日記」で、この部分には別途、一巻から十四巻までの番号が付いている。だが一九七一年以降、それに代わる全集が刊行されつつある。プリンストン大学出版局が手がけている『ヘンリー・D・ソロー著作集』で、「日記」もこれまで五巻が発売されている。プリンストン版の「日記」は、ソローの手稿を忠実に復元したもので、彼の特異な綴り字や句読点の打ち方、構文などもそのまま生かされている。

その他の著作としては、以下の作品がある（訳者）

『コッド岬』（邦訳・『コッド岬――海辺の生活』工作舎、一九九三）
『ヘンリー・デイヴィッド・ソロー書簡集』
『メインの森』（邦訳・冬樹社、一九八八）
『自然史エッセー』
『ウォールデン』（邦訳・『森の生活』宝島社、一九九八など数種）
『コンコード川とメリマック川の一週間』

日本語によるアンソロジーおよび評伝としては、以下のものがある。
『ザ・リバー』宝島社、一九六三
『野性にこそ世界の救い』山と渓谷社、一九八二
『森を読む』宝島社、一九九五
H・S・ソルト『ヘンリー・ソローの暮らし』風行社、二〇〇一

「ソローの精神（ザ・スピリット・オブ・ソロー）」シリーズについて

ヘンリー・デイヴィッド・ソローは『森の生活』のなかで、こう書いています。

「一冊の本によって人生への新しい扉を開かれた人は、数多くいるに違いない」

この『ウォールデン――森の生活』という本から教示を得、それに鼓舞され、人生における取り組み方を変えた者は世界中でこれまでも現在もおびただしい数にのぼるでしょうし、アメリカ人が書いた一冊の本でこれほどインパクトの強い書物は見当たらないのではないでしょうか。読み返すたびに新鮮な感触を得ますし、勇気づけられます。しかし数え切れないほどのソローの礼賛者がご存じのように、ソローという人物は、『森の生活』より以上の魅力をたたえています。技師（土地の測量で収入を得ていた）、詩人、教師、ナチュラリスト（博物学者）、講師、政治活動家（反権力闘争で知られる）などとして、彼はまことに多面的な人生を

送りました。そのいずれの面でも、彼は今日なおインパクトを持っています。

「ソローの精神」というこのアンソロジー・シリーズ（教育・科学・山岳・陸〔風景〕・水の五部作）は、重要なテーマに関するこの偉大な著作家の考え方をそれぞれにまとめて紹介するもので、いずれも彼にふさわしいトピックですが、読んでびっくりされる方も少なくないかもしれません。五点とも、刊行された彼の有名な著作あるいはそれほど知られていない作品から抜粋したもので、未刊行の講演、書簡、日記からの引用も収録しました。ソローは、次のように明言しています。

「いい読書の仕方とは、実のある数々の書物を真摯に読むということで、それは神聖な行為だといえる。日常的な訓練のなかで評価される部類のなかでも、とくに崇高な訓練だ」

シリーズの編集者たちやソロー協会のメンバーたちは、読者のみなさん方にもこの著作が気持ちを高揚させる「訓練」だと感じ取っていただけるものだと信じています。

ソロー協会が編集するこのシリーズによって、ヘンリー・ソローと歴史的な出版社（ホートン・ミフリン社）との因縁がふたたび復活しました。この畏敬すべき出版社は、百年あまりにわたって（ラルフ・ウォルド・）エマソンやソローなど、ニューイングランドで活動する「超越主義者《トランセンダンタリスト》」たちの重要な著作やそれらに関連した作品を刊行してきました。プリンストン大学出版局が『森の生活』を皮切りに『ヘンリー・D・ソロー著作集』を一九七一年から刊行し始めるまで、ソロー愛好者たちはホートン・ミフリン社が一九〇六年に出版した『ヘンリー・デイヴィッド・ソロー著作集』全二十巻をもっぱら頼りにしてきたのです。同社は一九九五年に*ウォルター・ハーディングが注釈を加えた『森の生活』を刊行し、ふたたびソロー研究の第一線に復帰しました。

ソローの研究をお続けになりたい方は、ソロー協会にお入りいただけます。五十年あまりにわたって、当協会は刊行物を出し、例会を催し、ソローの思想や著作を追究してきました。そして今回、新たな事業に着手したのです。ソロー協会はウォールデン森林計画（ウォールデン・ウッズ・プロジェクト）と手を組み、ソロー学会を設立したのです。これは研究・教育機関で、ソローの所持品や彼に関連のある世界最大のコレクションも所有しています。『森の生活』の著者は、大きく変化した現代でも、彼のメッセージが人びとに影響を与え続けていることなど、想像もしなかったに違いありません。

会員になりたい方は、以下にご連絡ください。

Thoreau Society, 44 Baker Farm, Lincoln, MA 01773－3004. tel.781－259－4750.

お問い合わせは、781－259－4700, ホームページはwww.walden.org

＊評伝『ヘンリー・ソローの日々』など、ソローに関する著書・編書が十八冊ある。ソロー協会の事務局長も務めた。一九一七〜。

ウェズリー・T・モット（ソロー協会・当シリーズ編集長）

[ヘンリー・ソローの著作について]（抄訳）

# 訳者あとがき

ヘンリー・デイヴィッド・ソロー（一八一七〜六二）が、改めて脚光を浴びている。ナチュラリストとして、あるいはエコロジストとしての彼の著作や思想が、二十一世紀の現在、先駆者の業績として広く認知されてきたからだろう。もっと正確に言えば、彼は忘れられた存在だったわけではなく、根強い共感者はいたのだが、その人気や知名度が近年、大いにふくらみをもってきたのである。

そのような時期に、ソローの自然に関するアンソロジー三冊がアサヒ・エコブックスに加えられたのは、意味のあることだと考えている。既刊の『水によるセラピー』『山によるセラピー』に続く本書の原題は―― "Thoreau on Land――Nature's Canvas," 2001, Mariner books.で、いずれもソロー・ソサエティの肝入りで、それぞれ違う編者が編纂している。膨大なソローの著作からの拾い上げ方に個性があって、面白い。この本では短い引用にも小見出しがついていて、読みやすさを助けている。

＊　＊　＊

シリーズのうち既刊の二作品について、私のところに寄せられた感想、とくにソローとの関連についてはさまざまな反応があって、なるほど、と思った。

翻訳家の先輩であるA氏は、ソローをまず「反体制派」として捉えていた。

「タイトルを見て、少々あわてましたよ。ソローといえば、小生のまだ血気盛んなころ、"Civil Disobedience"が愛読書で、私の後半生の仕事に〝政治的偏向〟があったとすれば、〝森の隠者〟（つまりソローのこと）のせいです」

『市民の不服従』（一八四九）については前二作の「訳者あとがき」でも触れたが、インドのマハトマ・ガンジーにまで影響を与えた小論文だ。ソローはメキシコ戦争（米墨戦争＝一八四六〜四八）に反対し、人頭税の支払いを拒んだため、地元コンコードの留置場に留め置かれた経験を持つ。現在ではソローのナチュラリストとしての側面だけがクローズアップされているが、ソローは、自然だけを相手に隠遁していたわけではない。

大学教授のBさんとCさんは、大学生時代にソローの『ウォールデン――森の生活』を英語学習のテキストとして読んだことがあり、「難解だった」という印象を持っている。山小屋で二年間、一人暮らしをした体験をベースにしたエッセーだから自然描写が多いが、哲学書といっていいほど思索をめぐらせた深遠な面もあるし、英文にもやや古くさい部分があり、婉曲表現もあって確かにむずかしい部分が多い。

トラベルライターのDさんは、アメリカにもよく出かける。

「この数年、アメリカ東海岸に行くたびに、ソローの哲学というか、自然観の影響を感じて、アメリカ人の精神生活の一端を理解しかけていたところです」

この印象も、かなり深い洞察の結果だ。アメリカのインテリの間ではソローの名前は広く浸透しているし、最近は復刻も盛んだ。彼の生前に出た本はたった二冊で、しかも最初の著作『コンコード川とメリマック川の一週間』は自費出版で一八五三年に千部を刷ったのだが、五年が経過しても二百九十四部しか売れず、ソローは在庫の山を抱えていた。それがいまでは『コッド岬』と並んで「ペンギン・クラシックス」に入っていて、安く手に入る。

膨大な"Wild Fluits"は二〇〇〇年に復刻された。この本にも数多く引用されている二百万語におよぶ日記（Journal）は、巻末の「編者のメモ」にあるようにソローの著作全集で十四巻を占めている。二〇〇三年には、全一巻にまとまってプリンストン大学から六十五ドルで刊行されるという。インターネットのアマゾン・コムでは、すでに相当な部数の予約を受けている。同じサイトで調べると、ソロー関連の本は、研究書を含めて四百七十三点が出てくる。日記だけでも二十一点がある。ソローへの注目度の上昇ぶり、人気の度合いが、これでも分かる。

アサヒ・エコブックスのシリーズはこの三点で完結するが、これによってソローに興味を持つ方が少しでも増えれば、訳者としても日本人としても嬉しい。

二〇〇二年初夏

仙名　紀

**仙名　紀**（せんな・おさむ）

1936（昭和11）年、東京生まれ。上智大学新聞学科卒。朝日新聞社で、主として出版局で雑誌・図書の編集にたずさわる。訳書は『マードック』『ダイアナ』など50冊あまり。


風景によるセラピー　ASAHI ECO BOOKS 5

発行　二〇〇二年七月三十一日　第一刷

著者　ヘンリー・デイヴィッド・ソロー

訳者　仙名　紀

発行者　池田弘一

発行所　アサヒビール株式会社

郵便番号　一三〇―八六〇二

住所　東京都墨田区吾妻橋一―二三―一

発売者　礒貝　日月

発売所　株式会社　清水弘文堂書房

郵便番号　一五三―〇〇四四

住所　東京都目黒区大橋一―三―七　大橋スカイハイツ二〇七

Eメール　shimizukobundo@mbj.nifty.com

HP　http://homepage2.nifty.com/shimizukobundo/index.html

編集室　清水弘文堂書房ITセンター

郵便番号　二二二―〇〇一一

住所　横浜市港北区菊名三―三―一四　KIKUNA N HOUSE 3F

電話番号　〇四五―四三一―三五六六　FAX　〇四五―四三一―三五六六

郵便振替　〇〇二六〇―三―五九九三九

印刷所　株式会社　ホーユー




 *ISBN4－87950－557－9 C0098*

ASAHI ECO BOOKS 1

ASAHI ECO BOOKS 1

*Conducting Environmental Impact Assessment in Developing Countries　Prasad Modak Asit K. Biswas*

# 環境影響評価のすべて

プラサッド・モダック　アシット・K・ビスワス著

川瀬裕之　礒貝白日編訳

ハードカバー上製本　Ａ５版四一六ページ　定価二八〇〇円＋税

「時のアセスメント」流行りの今日、環境影響評価は、プロジェクト実施の必要条件。発展途上国が環境影響評価を実施するための理論書として国連大学が作成したこのテキストは、有明海の干拓堰、千葉県の三番瀬、長野県のダム、沖縄の海岸線埋め立てなどなどの日本の開発のあり方を見直すためにも有用。

■序章■ＥＩＡの概略■ＥＩＡの実施過程■ＥＩＡ実施手法■ＥＩＡのツール■環境管理手法とモニタリング■ＥＩＡにおけるコミュニケーション■ＥＩＡ報告書の作成と評価■ＥＩＡの発展■ＥＩＡのケーススタディ十七例（フィイリピン・スリランカ・タイ・インドネシア・エジプト）■

英語版発行

国連大学出版局

東京・ニューヨーク・パリ

ASAHI ECO BOOKS 2

*THOREAU ON WATER: REFLECTING HEAVEN: ASAHI ECO BOOKS 2*

# 水によるセラピー

ヘンリー・デイヴィッド・ソロー

仙名 紀訳

ハードカバー上製本 A5版一七六ページ 定価一二〇〇円＋税

古典的な名著『森の生活』のソローの心をもっとも動かしたのは水のある風景だった。

狂乱の二一世紀にあって、アメリカ人はeメールにせっせと返事を書かなければならないし、カネを稼ぐ必要があるし、退職年金を増やすことにも気配りを迫られる。そのような時代にあって、自動車が発明されるより半世紀も前に、長いこと暮らしてきた陋屋ろうおくの近くにある水辺を眺めながら、マサチューセッツ州東部の町コンコードに住んでいたナチュラリストが書き記した文章に思いを馳せるということに、どれほどの意味があるのだろうか。この設問に対する答えは無数にあるだろうが……。

ASAHI ECO BOOKS 3

THOREAU ON MOUNTAINS:ELEVATING OURSELVES　ASAHI ECO BOOKS 3

# 山によるセラピー

ヘンリー・デイヴィッド・ソロー

仙名　紀訳

ハードカバー上製本　A5版一七六ページ　定価一二〇〇円＋税

いま、なぜソローなのか？　名作『森の生活』の著者の癒しのアンソロジー三部作、第二弾！

■感覚の鈍った手足を起き抜けに伸ばすように、私たちはこの新しい二一世紀に当たって、山々や森の複雑な精神性と自分自身を敬うことを改めて学び直し、世界は私たちの足元にひれ伏しているのだなどという幻想に惑わされないように自戒したい。『はじめに』（エドワード・ホグランド）より

■乱開発の行き過ぎを規制し、生態学エコロジーの原点に立ち戻り、人間性を回復する際のシンボルとして、ソローの影は国際的に大きさを増している。『訳者あとがき』（仙名　紀）より